Fort comme Ulysse

Ouvrage publié avec le soutien du conseil général de l'Yonne
à l'occasion d'une résidence d'écrivain
à la maison Jules-Roy à Vézelay en 2010.

casterman
87, quai Panhard et Levassor
75013 Paris
www.casterman.com

ISBN : 978-2-203-03757-1

Imprimé en avril 2011, en Espagne.

Dépôt légal : mai 2011 ; D. 2011/0053/28
Déposé au ministère de la Justice, Paris
(loi n° 49.956 du 16 juillet 1949 sur les publications destinées à la jeunesse).

Sylvaine Jaoui

FORT COMME ULYSSE

Illustré par Sibylle Delacroix

casterman

À Pierre Bottero
Où qu'il soit
Car il est toujours là…
S.J.

1

MA VIE EN FLOU

— Tu vas où Eliott ?

— Au CDI…

— Maintenant ? Mais on n'a pas encore bouffé…

— C'est immonde ce qu'il y a à manger.

— Ça, c'est vrai ! Mais si tu éponges les concombres avec ta serviette et que tu essuies la sauce du poulet sur le bord de ton assiette, ça devrait pouvoir passer.

— Pas sûr…

— Alors, donne-moi cinq minutes pour avaler mon repas, je viens avec toi au CDI.

— Non, t'es sympa… Je vais me débrouiller tout seul. Je dois juste récupérer un mail que mon père m'a envoyé.

— Ça ne me dérange pas de venir avec toi.

— Je sais, mais j'y vais tout seul quand même.

— Comme tu veux…

J'ai bien senti un peu d'agacement dans la voix de Nathan, je voyais très bien qu'il voulait m'aider, mais j'aime aussi être seul et me prouver que j'y arrive.

En plus, après la cantine, la plupart des garçons de ma classe se retrouvent pour jouer au foot. Je n'y ai plus ma place. Nathan, lui, est un super gardien de but.

Il n'y avait aucune raison qu'il se prive de ce plaisir pour moi. Je lui ai dit gentiment :

— Je vais au CDI trois minutes et après je te rejoins dans la cour… D'accord ?

Mon meilleur copain ne m'a rien répondu. On savait très bien tous les deux que ça n'était pas vrai. J'ai filé sans ajouter un mot. J'ai traversé le long couloir et j'ai appelé l'ascenseur. Quelqu'un a grommelé derrière moi :

— On ne joue pas avec l'ascenseur, jeune homme, il est réservé aux enseignants…

Je n'ai pas eu besoin de me retourner pour reconnaître Sarailh, le prof d'histoire le plus antipathique de l'histoire de l'enseignement. Son horrible voix grinçante imitée au-delà des frontières du collège m'a suffi. Je lui ai montré le pass qu'on m'a confié en début d'année. Il l'a observé attentivement :

— Désolé Eliott, je ne savais pas...

Son odeur tenace de transpiration m'a donné la nausée. Un peu confus de m'avoir interpellé comme si j'étais un tricheur, il a essayé de se la jouer prof sympa, je crois même qu'il m'a souri :

— Alors Eliott, comment se passe cette première année au collège ?

— Ça va...

— Tu as qui en histoire ?

— Mademoiselle Marchal.

— Ah...

J'ai réprimé un fou rire en entendant son « ah »... Inutile de voir les coins de sa bouche pour savoir qu'ils devaient être inclinés vers le bas, façon smiley « pas content ». Au collège, tout le monde sait que Sarailh déteste la très jolie mademoiselle Marchal, avec ses robes légères, son sourire aux lèvres et son odeur de jasmin qui la suit partout.

Heureusement, l'ascenseur est arrivé et je n'ai pas eu à discuter davantage avec le vieil ours. J'ai tâté les montants des portes de la main droite et j'ai pu rentrer direct sans me cogner.

Comme d'habitude, il régnait un joli bazar au CDI.

Non pas le bazar pénible d'une salle de classe dans laquelle le prof n'est pas encore arrivé et où les élèves se défoulent en l'attendant. Non, plutôt l'ambiance d'un lieu où l'on sait qu'un adulte est présent mais qu'il n'est pas très sévère.

Je viens assez rarement au CDI, mais c'est toujours le même chahut depuis que Mme Stabat, la documentaliste, est arrivée en novembre dernier. C'est une femme étrange qui parle très peu. Elle semble regarder les élèves sans les voir et écouter leur brouhaha sans l'entendre. Elle est là, c'est tout. Elle traverse les lieux et les gens. À moins que ce ne soit le contraire… Certains l'ont surnommée Casper, comme le fantôme.

Je me suis approché.

— Bonjour, madame.

— Bonjour.

J'ai senti une grande tristesse m'envahir. Ça m'arrive de plus en plus souvent désormais de capter des émotions lorsque je suis près de quelqu'un. Mon père dit que je suis en mode Wi-Fi !

J'ai respiré un grand coup et je lui ai demandé :

— Est-ce que je peux aller sur Internet s'il vous plaît ? Je dois récupérer un document pour le cours de français.

— Va sur le poste 7, il est connecté. Tu auras besoin d'imprimer ?

— Oui, au moins vingt pages, mais il me reste des unités sur ma carte.

— Très bien... alors vas-y.

Il y a quand même une chose qui est étonnante avec cette femme : même si tout dans son comportement vous indique qu'elle est à des années-lumière de la terre, elle répond précisément quand vous lui demandez une chose.

Je me suis assis face à l'ordi et j'ai sorti ma grosse loupe.

Depuis un certain temps, je me moque que des élèves me voient collé à l'écran comme un poisson-ventouse à son aquarium. Après tout, qu'est ce que ça peut me faire... D'ici peu, je ne les verrai plus, tous ces visages tournés vers moi. Je continuerai juste à les entendre chuchoter :

— Mais qu'est-ce qu'il a ?

— Il a une maladie super grave des yeux depuis qu'il est en CE1 et il est en train de devenir aveugle. Il paraît que d'ici peu, il ne verra plus rien du tout.

— Ah, c'est horrible… Moi, je ne pourrais pas…

Parce que tu crois que je peux, moi ?

J'ai tapé « Yahoo » comme j'ai pu pour accéder à ma boîte mail. À cette heure-ci, papa avait dû m'envoyer mon texte adapté. Je savais bien qu'il avait beaucoup de travail en ce moment, n'empêche que j'avais été très contrarié hier soir quand il m'avait annoncé, en rentrant à plus de vingt et une heures, qu'il n'avait pas eu le temps de m'adapter le chant 2 de l'*Odyssée*. Je devais l'avoir pour le cours de français et si le texte n'était pas en police Arial, caractère 48, impossible de le lire.

— Désolé, Eliott, j'ai pas pu… J'avais un boulot dingue aujourd'hui et mon boss ne m'a pas lâché.

— Tu me le fais maintenant, alors ?

— Je suis cassé là… Je suis debout depuis six heures ce matin et je n'ai pas encore dîné. T'as français à quelle heure demain ?

— À treize heures vingt-cinq, après le repas.

— Tu l'auras… Je te le maile demain midi du bureau. Ne fais pas cette tête. Tu as accès à Internet au CDI, non ?

— Oui, mais il faut que j'aie le temps de le lire avant le cours. Le prof va nous interroger dessus.

— Ah mince… Bon ben, je vais le faire maintenant.

Ma mère, qui venait d'arriver dans le salon avec le plat à gratin, lui a demandé :

— Tu dois faire quoi à cette heure-ci ?

Papa a répondu du tac au tac :

— Manger tes délicieuses lasagnes maison, pourquoi ?

Puis il a attendu que ma mère ait le dos tourné pour me chuchoter à l'oreille :

— Chut… Pas un mot pour ton texte de français, elle va encore s'inquiéter pour rien. Je m'y mets dès que j'ai avalé mes pâtes.

S'inquiéter… Le mot est faible !

Pour le moindre petit problème me concernant, ma mère est complètement stressée. Elle pose trente-six mille questions à toute allure, elle va et vient dans la pièce sans raison et puis soudain, sa voix se casse, elle est au bord des larmes et elle se sauve dans sa chambre.

Elle n'a pas toujours été comme ça.

Quand j'étais petit, elle était super drôle. Je me souviens, elle inventait des fêtes pour n'importe quoi. Si elle achetait les premières fraises de la saison au marché, ça devenait la Sainte-Fraise. Elle en prenait trois cageots, on les lavait, on les équeutait, on les mettait dans des gobelets en plastique et on invitait toute la famille à venir en manger.

Elle se levait, le ciel était bleu, elle décrétait que ce serait la couleur du jour. On s'habillait lavande, elle cuisinait outremer et on devait prononcer le mot turquoise le plus de fois possible.

Je vous passe les journées « Carnaval à Rio » avec salsa, cocktails et fabrication de masques pour tout l'immeuble ; le voyage « C'est le destin qui choisit » : on tire aux dés le numéro de l'autoroute, le nombre de kilomètres, et on s'arrête là où le hasard l'a décidé ; le repas « N'importe quoi » une fois par mois : chacun remplit son panier avec exactement ce qu'il veut manger. En ce qui me concerne, c'était toujours Nutella, fraises Tagada, frites, mousse au chocolat.

Oui, on peut dire que ma mère était marrante.

Et puis, il y a eu les premiers examens pour mes yeux et l'annonce de ma maladie. Elle n'y avait pas cru. Alors, on avait changé de médecin et on avait fait d'autres examens.

Elle avait affirmé que c'était une erreur, qu'il était impossible que je perde la vue. Alors elle avait exigé qu'on refasse encore d'autres examens... Papa avait obtenu un rendez-vous avec un grand patron dans le meilleur service d'ophtalmologie d'un hôpital parisien.

On avait pris le train à Avallon.

Je me souviens, maman s'était acheté des grandes lunettes rouges avec un gros nez et une fausse moustache dans un magasin de farces et attrapes. À mon père qui lui demandait d'arrêter ses pitreries dans la salle d'attente, elle avait répondu en riant :

– C'est une question de politesse. Tous ces grands patrons sont des clowns, je ne veux pas qu'ils se sentent seuls.

Elle avait tenu bon et elle était entrée dans le cabinet avec son déguisement. Le médecin lui avait souri et il avait sorti de sa poche un nez rouge en plastique. Il lui avait confié que pour examiner un enfant, il valait mieux être un clown qu'un docteur et qu'il ne se séparait jamais de son accessoire.

Alors, pour la première fois, maman avait

écouté la parole d'un médecin et j'avais vu couler de vraies larmes à travers ses fausses lunettes.

J'avais huit ans et l'homme au nez rouge m'avait expliqué tranquillement qu'il n'y avait pas de traitement possible pour moi. Que j'allais perdre la vue progressivement mais que j'avais encore quelques années devant moi avant que ça n'arrive. Il avait ajouté :

— C'est ennuyeux certes… Ça va changer ta vie et celle de tes parents, je ne te le cache pas. Mais moi qui ai consacré ma vie à tenter de guérir les yeux des autres, je sais une chose : « On ne voit bien qu'avec le cœur, l'essentiel est invisible pour les yeux. » Pour tout le reste, il va falloir te préparer avant que ta vue ne commence à baisser. Louis Braille était un petit garçon quand il est devenu aveugle à cause d'un accident. Une fois adulte, il a mis au point un alphabet qui permet aux non-voyants de lire : le braille. Tu vas prendre des cours très vite pour pouvoir lire avec tes doigts.

— Avec mes doigts ?

— Oui, le braille est un système de petits points en relief. Le livre sera comme un piano et tu en joueras avec tes doigts. Et l'avantage, c'est qu'en attendant, même si tes parents éteignent la lumière le soir, tu pourras continuer à lire ton histoire.

Je lui avais souri. Il m'avait donné son nez rouge…

— À dans six mois, bonhomme… parce que, à partir de maintenant, on se revoit tous les six mois. Et si tu veux que tes parents restent dans la salle d'attente la prochaine fois, tu n'as qu'un mot à dire !

Dans le train du retour, maman était restée muette. Elle avait jeté ses fausses lunettes dans la poubelle, près des sièges, et depuis elle avait cessé d'inventer des raisons de faire la fête.

Il n'y avait plus eu de Sainte-Fraise ni de repas « N'importe quoi ».

Plus jamais…

Ça faisait près de quatre ans maintenant.

J'ai tapé mon mot de passe à plusieurs reprises avant d'arriver à écrire le bon. La page d'accueil est enfin apparue. *Vous avez un nouveau message*. J'ai cliqué. C'était le mail de papa, il avait tenu parole.

J'ai téléchargé le document et j'ai appuyé sur *Print*. Les vingt-cinq pages sont sorties de l'imprimante toutes chaudes comme des croissants du four.

Je suis allé dans un coin pour les lire.

Même imprimé en caractère 48, il m'est quand même très difficile maintenant de déchiffrer un texte. Je suis obligé de coller mes yeux sur la feuille et de lire syllabe par syllabe. Ce qui fait que souvent, lorsque j'arrive au bout d'un mot, je ne me souviens plus de celui qui précède. Et je ne parle pas des migraines que ça me donne... Du coup, la lecture est devenue une vraie corvée. Quand je pense qu'en CP, j'avais su lire avant tout le monde et que j'adorais ça, ça me fout le cafard...

Cela faisait près de dix minutes que je tentais de décoder la réponse d'Antinoos, l'horrible prétendant, à ce pauvre Télémaque qui cherche à protéger sa mère, quand j'ai senti que quelqu'un m'observait attentivement.

J'ai reconnu la silhouette de Mme Stabat. Elle se tenait debout un peu plus loin. J'ai attendu qu'elle me fasse une remarque. Les gens qui ne savent pas ce que j'ai sont toujours surpris par ma façon de lire. Comme je ne porte pas de lunettes et que mes yeux semblent normaux, ils ont l'impression que je fais l'idiot. Mme Stabat ne m'avait jamais vu un texte à la main. Les rares fois où j'étais venu au CDI, j'étais avec Nathan et des copains de ma classe pour un repérage de filles de cinquième ! Enfin, le repérage, c'était eux ; moi, j'écoutais, surtout.

Depuis que ma vue a beaucoup baissé, Nathan a pris l'habitude de me décrire tout ce qu'il voit. C'est assez drôle parce qu'il ne s'adresse pas à moi. Il est bien plus délicat que ça... Il fait semblant de parler tout seul à voix basse et ça donne : « Oh ! la bombe, à droite. Tout à fait le genre que je kiffe. Petite blondinette aux yeux charbon bien foutue. En revanche, sa copine, c'est un thon. Une horrible grande brune ultra maigre du type Famille Adams. Tiens, il y a Solal, le faux beau gosse de la classe, qui drague Océane. Il va se prendre un râteau... comme d'hab. » Bref, Nathan raconte tout ce qu'il voit et moi j'écoute, l'air de rien. Donc, impossible pour la bibliothécaire de se rendre compte de mon problème aux yeux.

Mais là, avec ma feuille au ras des cils, elle ne pouvait plus l'ignorer.

Je n'aime pas le moment où les gens comprennent que je suis malvoyant. Je ne supporte pas le ton qu'ils prennent pour me parler tout à coup. Leur fausse gentillesse m'humilie. Elle fait de moi un vrai handicapé.

Remarque, ces gens-là au moins, ils osent m'affronter. Il y a pire… Il y a ceux qui ont peur, comme si j'étais contagieux. Je n'ai pas besoin de voir leur regard effrayé, je les sens. Une odeur d'ammoniaque et une agitation de bêtes piégées.

Mme Stabat, elle, n'a rien fait de tout cela. Elle est venue tout près, si près que j'ai senti son souffle sur ma joue, puis elle a disparu. Je n'ai même pas entendu ses pas sur le sol. Elle a reparu quelques minutes plus tard. Elle s'est assise à côté de moi et j'ai entendu une voix claire et ferme lire :

« *Télémaque, que de grands mots ! Pourquoi nous insulter ? Voilà maintenant deux ans, bientôt trois, que ta mère trompe le cœur des Achéens, promet à chacun, donne de l'espoir à tous, nous couvrant de messages. Voici la ruse qu'elle médita dans son cœur. Elle avait dressé un grand métier pour y tisser fin une toile immense et nous affirmait que c'était pour le linceul de son beau-père Laerte. Mais, la nuit, elle détissait la toile. Elle nous trompa pendant trois ans, la quatrième année elle fut dénoncée par une servante. Toi, écoute la réponse des prétendants : Renvoie ta mère, pousse-la à épouser celui que son père voudra et qui lui plaira. Mais si elle tourmente encore les fils des Achéens et compte sur son astuce, supérieure à celle de toutes les Achéennes, eh bien, aussi longtemps qu'elle gardera ces sentiments, nous mangerons tes vivres et tes biens ! Nous ne rentrerons pas dans nos domaines avant qu'elle ait fait son choix parmi les Achéens.* »[1]

Elle avait commencé sa lecture, exactement à l'endroit où j'avais cessé la mienne, sans rien me demander. Comment savait-elle ?

Et pourquoi le faisait-elle ? Je ne lui avais rien demandé.

Ça devait être le genre à collectionner les bonnes actions et à les raconter d'un faux air discret à qui veut bien les entendre. Qu'elle ne s'attende pas à ce que je lui dise merci...

J'ai quand même écouté parce que ça m'arrangeait. Il fallait que je sache avant le cours de français comment Télémaque allait se débrouiller seul contre tous ? Il était bien trop jeune pour lever une armée.

Mme Stabat lisait maintenant d'une voix grave la prédiction du vieux héros Halitherses. Il

1. Tous les extraits sont tirés de *L'Odyssée* d'Homère, traduction et adaptation de Michel Woronoff, collection Épopée, éditions Casterman.

était spécialiste dans l'interprétation du vol des oiseaux. Et Zeus venait d'envoyer deux aigles qui avaient survolé l'assemblée, puis s'étaient éloignés vers la droite. Très mauvais signe !!!

« — Écoutez-moi, gens d'Ithaque ; c'est surtout pour les prétendants que je vais parler. Car c'est sur eux que déferle le malheur. Ulysse ne restera plus très longtemps loin des siens, il est tout près, préparant la mort et le meurtre pour ses ennemis. Le malheur va s'abattre aussi sur beaucoup d'autres, parmi nous qui habitons Ithaque l'ensoleillée. J'affirme que tout va s'accomplir [...]. »

Yes !!! Il y avait quand même une justice... Alors qu'allaient oser répondre tous ces sales prétendants ?

Je n'ai pas pu le savoir. La sonnerie a retenti.

Il faudrait lire plus avant pour connaître la suite... Je me suis levé très vite. Je voulais partir sans avoir à parler à Mme Stabat. C'est sûr, maintenant qu'elle m'avait aidé, elle allait me poser des tas de questions sur mes yeux et j'allais me sentir obligé de lui répondre.

En fait, mon inquiétude était tout à fait inutile... Ma liseuse s'était déjà évaporée. Envolée, je dirais… Comme si, pour elle aussi, parler posait problème. En tout cas, quelle que soit la raison, ça m'arrangeait. Je n'avais pas l'intention de remettre les pieds au CDI avant un long moment. Ça lui laisserait le temps de m'oublier.

J'ai pris mon sac et je suis parti sans me retourner.

Nathan m'attendait de pied ferme devant la 109. Il m'a demandé :

— Mais t'étais où ?

À son débit légèrement trop rapide, j'ai compris qu'il s'était inquiété. Je lui ai répondu calmement :

— J'étais au CDI.

— Et t'es resté tout ce temps ?

Parfois, l'intérêt que me portent les gens que j'aime est vraiment lourd. La plupart de mes copains adorent se faire remarquer et montrer qu'ils sont différents des autres. Moi, depuis que j'ai mon problème aux yeux, je voudrais qu'on se rende compte que je suis semblable, pareil, identique…

J'ai quand même expliqué à Nathan :

— Ouais, il fallait que je récupère le chant 2 scanné et que je le lise.

— Ah ! merde, je savais bien que j'avais oublié un truc pour le cours de français…

Mon meilleur copain m'a demandé de lui faire un petit résumé rapide. Je m'y suis prêté avec plaisir. J'avais en mémoire les phrases entières du vieux devin…

Comme Théo et Yanni n'avaient pas lu non plus le texte, ils sont venus écouter.

— Trop bien, m'a dit Nathan, non seulement on sait tout sur le texte, mais en plus, on ne s'est pas tapé la galère de la lect…

Il n'a pas fini sa phrase. Le bruit des bracelets de Mme Sultane, la prof de français, quand elle ouvre la porte de la classe m'en a donné la raison.

Nathan m'a chuchoté :

— Tu crois qu'elle m'a entendu ?

— Je sais pas…

Je suis allé m'asseoir au premier rang. Je suis le seul élève à ne pas courir quand je rentre dans la salle. Tous les autres se dépêchent pour se mettre derrière. Moi, j'ai la place devant le bureau du prof. La place du bouffon, quoi !!!

C'est une idée lumineuse de mon père… En début d'année, comme ma vue avait encore baissé et que je ne voyais plus rien de ce qu'il y avait au tableau, il a demandé la permission d'installer un truc de son invention. Il est ingénieur, alors ça facilite les choses. Il a donc fixé une sorte de caméra qui filme ce qu'il y a au tableau et le reproduit en gros sur mon ordi portable. C'est génial, sauf que je dois rester devant !

Papa était fou de joie quand il a vu que ça fonctionnait. Il n'arrêtait pas de répéter :

— On gagne du temps, tu peux encore suivre tes cours comme les autres.

Je sens bien que le fait que je sois dans un collège normal avec des élèves de mon âge, ça plaît à mon père. Il a l'impression de se battre contre la maladie et de gagner du terrain. Alors, il est toujours en train de chercher des moyens pour surmonter les difficultés que je rencontre. Je me souviens qu'un jour, l'an dernier, j'ai réalisé que je ne voyais plus les lignes sur mes feuilles de classeur. Les interlignes bleus, ça faisait longtemps qu'ils avaient disparu, mais les grosses lignes, au moins, me servaient vaguement de repère. Je suis rentré découragé.

Je n'avais pas envie de l'annoncer à mes parents. Je savais à l'avance que maman allait poser cent cinquante questions en moins de vingt secondes, puis partir dans sa chambre sous n'importe quel prétexte. Quant à papa, il allait prendre ça comme le nouveau challenge du siècle et trouver une super solution de la mort. Ça n'a pas loupé. À peine avais-je dit la vérité que ma mère s'est agitée comme une toupie et a disparu. Quant à mon père, il s'est exclamé :

— Bien, si les feuilles vendues dans le commerce ne te conviennent pas, on va lancer un nouveau modèle. On ne va pas se laisser impressionner par des pauvres lignes !!!

Et il a passé sa soirée à fabriquer un nouveau modèle de copies XXL avec des interlignes et des lignes très marqués.

Au moment où j'éteignais la lumière pour m'endormir, il est venu tout fier me montrer son chef-d'œuvre :

— Et voilà le travail, moussaillon : il ne nous reste plus qu'à trouver un imprimeur et c'est dans la poche !

Je l'ai félicité, mais au fond de moi, j'ai pensé que l'enthousiasme permanent de papa était fatiguant et que parfois je préférerais qu'il fasse comme ma mère, qu'il pleure un bon coup.

Mme Sultane a commencé son cours comme d'habitude par une maxime. Chaque jour, elle nous lit une petite phrase d'un grand auteur et nous demande ce qu'on comprend. Aujourd'hui, elle était signée Boris Vian : « À quoi bon soulever des montagnes quand il est si simple de passer par-dessus ? »

Shana a éclaté de rire. La prof lui a demandé :

— Qu'est-ce qui vous fait rire, Shana ?

— Je sais pas... elle est trop bizarre sa phrase...

— Ah oui ? Essayez alors de nous expliquer ce que vous trouvez étrange.

— Ben, pourquoi il parle de montagne ? Il vit sur les pistes comme la meuf à tresses dans le dessin animé ? C'est quoi son nom déjà ? Ah oui, Heidi...

— Shana, je préférerais que vous soigniez un peu la construction de vos phrases : « Cet homme vit-il en haut des pistes comme la fillette avec des tresses dans le dessin animé ? Comment se prénomme-t-elle déjà ? Ah oui... Heidi. »

— Vous voulez vraiment que je parle comme ça ?

— Oui...

— Comme si j'étais reine de France ?

Il y a eu un grand éclat de rire dans la classe. La prof a continué :

— Non, pas comme si vous étiez reine de France, juste comme si vous étiez une élève de sixième qui surveille sa syntaxe…

On a entendu Shana grommeler dans son coin :

— Si je parle comme ça, je vais passer pour une bouffonne.

La prof n'a pas relevé et a tenté de guider la râleuse vers plus de compréhension :

— Il ne faut pas prendre les mots au sens propre. Qu'est-ce que peut vouloir dire, au sens figuré, « soulever des montagnes » et « passer par-dessus les montagnes » ?

Shana est restée muette comme une carpe. Espérance a dû lever la main car Mme Sultane lui a dit gentiment :

— Tu as une idée, Espérance ?

— Oui… je crois que l'auteur nous dit que, parfois, faire des efforts surhumains est inutile et qu'il vaut mieux passer par-dessus les difficultés.

Mme Sultane a applaudi. Shana a crié, avec cet accent des filles qui veulent faire croire qu'elles habitent la cité alors qu'elles vivent dans une jolie maison de quartier :

– Il a dit ça le keum ? Là, dans cette phrase avec les montagnes ? Elle a un décodeur ou quoi, Espérance ???

Malgré la provocation de Shana, la prof a répondu en souriant :

– Non, elle n'a pas de décodeur, juste des oreilles qui écoutent… et qui écoutent vraiment bien.

Ça, ça semble évident. Espérance ne ressemble pas aux autres filles. Elle parle peu, reste souvent seule. Je la repère assez bien dans les couloirs parce qu'elle est métisse et que, niveau couleur, elle ressort mieux que les autres ! On raconte que sa mère vient d'un pays d'Afrique où il y a eu des massacres atroces il y a quelques années seulement, mais elle n'en parle jamais.

Mme Sultane, qui n'avait pas l'intention de passer l'heure de cours sur sa maxime, a clamé d'une voix forte :

– Bien, sortez vos classeurs et vos exemplaires de l'*Odyssée*, s'il vous plaît…

Nathan m'a chuchoté :

– Il s'appelle comment déjà, le devin qui prédit la mort des prétendants ?

Je n'ai pas eu le temps de lui répondre. Il avait à peine fini de me poser sa question que la prof lui a dit :

— Nathan, puisque le sort des prétendants vous préoccupe, parlez-nous donc de ce qui s'est passé avec Télémaque.

Alors elle, c'est pas une oreille qu'elle a, c'est un sonar ! Je ne vois vraiment pas comment elle a pu entendre ce que mon meilleur copain a prononcé tout doucement. Nathan ne s'est pas démonté et a commencé le récit.

Au début, tout s'est bien passé. Il avait retenu ce que je lui avais raconté mais, assez rapidement, il est parti en vrille.

— Alors, le prétendant Pantaclos a dit à Télémaque : ta mère s'est assez moquée de nous en tricotant un pull pour son mari le jour et en le détricotant la nuit. Ça ne peut plus durer. Elle doit absolument laisser le pouvoir à l'un d'entre nous et s'en aller chez elle. Nous continuerons à manger tout ce qu'il y a dans ses placards et son congélateur si elle ne se décide pas.

La prof a souri :

— Tout ce qu'il y a dans son congélateur, vraiment ?

J'ai filé un grand coup de pied dans le tibia de

Nathan. Mais il ne va pas bien, le garçon, un congélateur dans la Grèce antique ??? Mon meilleur copain a tenté de se rattraper.

— J'ai dit congélateur pour que tout le monde comprenne mais... euh... elle rangeait peut-être ses courses ailleurs.

— Bien... Nous allons remettre un peu d'ordre dans vos informations avant de continuer. Est-ce que quelqu'un peut me redonner le prénom exact du chef des prétendants ?

Aucune main ne s'est levée. La prof a soupiré.

— Nathan nous a proposé Pantaclos... C'est assez bien imité mais ce n'est pas le bon prénom. Une autre tentative ?

Silence général... elle allait finir par s'énerver. J'ai remarqué ça avec les profs. Quand ils donnent un travail à faire à la maison et que quelques élèves répondent, tout va bien. Ils ne se rendent pas compte que la majorité n'a pas bossé. Mais si personne ne lève la main, alors là, c'est suspicion générale et on peut s'attendre à un contrôle surprise.

Je ne voulais pas qu'on en arrive là, alors je me suis dévoué.

— Le plus violent des prétendants s'appelle Antinoos... Il menace de piller tous les vivres et les biens du palais d'Ulysse si Pénélope ne choisit pas un mari parmi eux.

— Et pour ce qui est du pull à tricoter dont nous parlait ton grand copain juste à l'instant ?

— Il a dit pull à tricoter mais il fallait entendre toile à tisser.

Nathan s'est senti obligé d'ajouter :

— Oui, c'est ça... Une toile à tisser pour faire un...

Je lui ai refilé un grand coup de pied afin qu'il ne finisse pas sa phrase. Il allait encore inventer un truc débile du genre : « une toile à tisser pour faire une tente de camping ou une housse de couette » et ça allait être la cata ! La prof aurait des raisons sérieuses de se fâcher et on finirait l'heure à gratter nos feuilles dans une ambiance atroce.

— ... un linceul à son beau-père Laërte.

Malgré mon coup de pied ravageur, Nathan avait continué sa phrase, donnant, je ne sais par quel miracle, la bonne réponse. Comme il était assis tout près de moi, j'ai pu voir son petit sourire de satisfaction devant mon air ébahi. Il a même eu le culot de me chuchoter :

— Je suis pas trop fort comme garçon ???

Exactement l'expression qui convient pour un type capable de parler de congélateur et de pull à tricoter pour un personnage de l'*Odyssée* ! Je rêve… Si Nathan n'était pas mon meilleur copain, je lui dirais ce que je pense de lui !

Le soir, quand j'ai raconté la scène à mes parents, ils ont éclaté de rire. J'adore quand ma vie à l'école n'est pas une source d'angoisse pour eux et que je peux leur montrer que j'assure. Du coup, je leur ai parlé de la maxime de Boris Vian, des remarques de Shana et de la voix claire d'Espérance.

Mais papa, qui ne lâche jamais avec l'organisation, m'a demandé :

— Donc, niveau timing, c'était bon pour récupérer le mail et lire le texte avant le cours de français ?

— Ouais…

— De quel mail vous parlez ? a demandé maman. Il te manquait quelque chose, Eliott ?

J'ai senti le stress monter d'un seul coup dans la pièce. Je savais comment calmer les choses : ignorer la question « coup d'angoisse » de ma mère et répondre tranquillement à papa.

— Oui, j'ai eu le temps d'aller manger à la cantine, de sortir mon texte au CDI et de le lire comme il faut. La preuve, j'ai super bien répondu à la prof...

Ma mère a respiré profondément. C'est bon, on allait pouvoir passer une fin de soirée tranquille.

C'était compter sans papa...

— Et le prochain chapitre à scanner, c'est pour quand ?

Le prochain c'était pour demain, mais si j'en parlais maintenant, ça allait tout gâcher. J'ai préféré mentir :

— C'est pour lundi. Tu auras tout le week-end...

— Parfait... Je t'en ferai plusieurs d'avance.

Quand je suis allé me coucher, j'étais super énervé. Mais pourquoi mon père avait-il eu besoin de poser la question sur le prochain texte devant maman ? J'avais été obligé de raconter n'importe quoi, et maintenant, j'étais dans le pétrin. J'avais cours de français demain après-midi et aucun moyen de me débrouiller tout seul pour le chant 5. La prof avait prévenu qu'il y aurait un petit contrôle de connaissances. Elle avait même tenu à ajouter pour me rassurer :

— Tu pourras répondre directement sur ton ordinateur, Eliott, j'ai tapé les questions… Je prendrai ma clé USB.

J'avais grommelé un vague « mercim'dame c'estgentil » en baissant la tête.

2

Que la force soit avec moi

J'ai eu beaucoup de mal à m'endormir et, lorsque mon réveil a sonné le lendemain à sept heures, j'ai eu l'impression que c'était le milieu de la nuit.

Je me suis traîné jusqu'à la cuisine et je suis resté devant mon bol de Miel Pops comme s'il y avait un poisson rouge dedans et que je le regardais tourner. Si ma mère n'était pas venue me rappeler qu'elle rentrait tard ce soir et que Philomène serait présente à la sortie du collège, je crois que je me serais rendormi le nez dans mon lait.

— Tu m'as entendue, Eliott ? m'a demandé maman, passablement énervée.

Oui, je l'avais entendue, mais était-il vraiment nécessaire qu'elle me hurle la même phrase trois fois de suite dans les oreilles ?

Elle est sortie, l'air fâché.

Mon père a surgi trente secondes plus tard, j'ai tout de suite compris qu'il était en mission commandée.

Ce que c'est pénible d'être enfant unique… Les parents n'ont que toi comme centre d'intérêt, tu n'échappes jamais à leur vigilance. T'es comme une balle de ping-pong entre deux raquettes.

Pourtant, je me souviens qu'un jour, en CP, maman m'avait demandé si je serais content d'avoir un frère ou une sœur. À l'époque, comme un idiot, j'avais répondu non. Je voulais mes parents pour moi tout seul. Grave erreur…

De toute façon, c'est pas à cause de ma réponse que ce petit frère n'est jamais né, c'est à cause de mes yeux. Mes parents ne me l'ont jamais avoué mais je le sais. Peut-être qu'ils avaient peur de rater encore et d'avoir un autre enfant comme moi.

— Il se passe quoi, Eliott ? Tu dors debout ?

« Tu dors assis » serait plus approprié… Mais je ne l'ai pas fait remarquer à papa. Si j'étais dans cet état, c'était à cause de lui et je n'avais aucune envie de lui parler. J'ai donc émis un grognement digne d'un grizzli affamé à qui on vient de piquer une cuisse de gazelle rôtie. Mon père a fait un bond en arrière et il est sorti sans ajouter un mot.

Je l'ai entendu chuchoter à maman dans le couloir :

— Je crois qu'il commence sa crise d'adolescence, celui-là...

— Déjà ?

— Il a plus de douze ans, tu sais... Peut-être que tu devrais le lâcher un peu.

— Moi, je devrais le lâcher ??? Tu plaisantes, c'est toi qui es toujours sur son dos !

— Je ne suis pas sur son dos, je fais tout pour faciliter sa vie.

— Oui, dit comme ça, ça fait plus chic... mais en réalité, tu ne le laisses pas respirer. Avec ta manie de vouloir régler tous les problèmes, tu le mets sous pression. Il n'a même pas le temps d'exprimer ses craintes.

Ça m'a super fait plaisir d'entendre ma mère parler comme ça. Dire que j'étais persuadé qu'elle était reconnaissante à papa de sa façon d'agir.

Évidemment, mon père s'est senti obligé de riposter :

— Peut-être que je ne lui laisse pas le temps d'exprimer ses craintes, mais je ne lui fais pas porter les miennes, moi ! Tu crois que c'est simple pour lui de te voir angoissée à la moindre difficulté ?

Ça, c'est pas faux…

Je me demande ce que maman va lui répondre ?

Le claquement violent de la porte d'entrée a clos la discussion. J'ai entendu papa râler tout seul derrière la porte :

— Mais qu'est-ce qu'ils ont ce matin, tous les deux ? Ils ont bouffé de la vache enragée ou quoi ?

J'ai rigolé dans mon coin. Leur dispute m'avait tout à fait réveillé maintenant. J'ai avalé mes Miel Pops à la vitesse de la lumière et j'ai foncé sous la douche. Lorsque je suis sorti, papa m'a demandé pour la première fois de toute ma vie :

— Tu veux que je t'accompagne au collège ou tu y vas tout seul à pied ?

Le collège Balzac est à moins de dix minutes à pied, en plus c'est tout droit et il n'y a qu'une rue à traverser, mais quand même !!! Depuis le début de l'année, je n'ai jamais eu le droit d'y aller ou d'en revenir seul. Je m'y rends toujours en voiture, soit avec un de mes parents, soit avec Philomène, la femme de ménage. Alors, que mon père me propose de m'y rendre seul, c'était une grande première. *A priori*, la remarque de maman comme quoi il était toujours sur mon dos portait ses fruits. J'ai répondu sans réfléchir une seule seconde :

— J'y vais à pied…

— T'es sûr ?

Il faudrait savoir… Il me fait une proposition, et la seconde d'après il me demande, la voix étranglée par l'angoisse, si je suis certain de mon choix.

En fait, il devait regretter amèrement de m'avoir posé la question. Il n'était pas prêt à me laisser partir seul.

J'ai quand même confirmé ma décision :

— Ouais, ça me va d'y aller à pied.

— Bien… très bien… très bien… très bien…

Il buggait comme un vieil ordi ou quoi ? Je n'ai pas attendu qu'il réinitialise. Je suis allé chercher mon sac et mon blouson dans ma chambre, et j'ai crié depuis l'entrée :

— Salut, pa, à ce soir…

Il a rappliqué au grand galop et m'a demandé :

— Il ne pleut pas, là ? Non, parce que s'il pleut, tu vas te mouiller, à pied.

Je sais que ma vue a beaucoup baissé ces derniers temps, mais quand le ciel est totalement bleu comme aujourd'hui, je le vois parfaitement. Je me suis contenté de secouer la tête de gauche à droite. Mon père a soupiré façon otarie. Comme j'avançais vers l'ascenseur, il a tenté un dernier coup :

— Qu'est-ce qu'il fait froid…

— C'est normal, on est en janvier !

— Peut-être, mais c'est pas un temps à mettre un chien dehors…

L'ascenseur est arrivé, je me suis guidé le long des parois le plus vite que j'ai pu et j'ai disparu avant que mon père ne trouve encore une mauvaise raison de m'accompagner. Alors que la cabine était descendue d'un étage, je l'ai entendu me crier :

— Sois prudent mon fils…

Comme je voulais le faire un peu sourire, j'ai hurlé façon *Guerre des étoiles* :

— Que la force soit avec moi !

Lorsque je me suis retrouvé tout seul devant l'immeuble, ça m'a fait drôle. Pour être honnête, je dirais même que mon cœur s'est mis à battre comme la grosse caisse dans une fanfare militaire. Le bruit des voitures, les gens qui marchent vite, la femme qui fonce droit devant avec sa poussette, la mamie qui promène son chien avec une laisse rétractable, le type qui roule avec son vélo sur le trottoir. Bref, on ne se rend pas compte, quand on a de bons yeux, à quel point la ville est semée d'embûches.

Durant quelques secondes, j'ai été tenté de remonter à la maison mais, très vite, j'ai pensé que si je n'étais pas autonome sur ce coup-là, mes parents ne m'en donneraient plus l'occasion avant longtemps. Alors, j'ai marché droit devant.

Après tout, le tour du monde commence déjà par un premier pas…

En plus, il fallait que je me dépêche. Pour mon contrôle de français, j'avais décidé de demander à Nathan de me résumer ce qui se passait dans le chant 5. Dans la mesure où il y avait une interro dessus, il l'avait forcément lu. Si j'avais le temps, je croiserais ses infos avec celles de quelqu'un d'autre. Bien sûr, ce ne serait pas aussi bien que de l'avoir lu moi-même, mais bon…

J'étais à la moitié du chemin quand une voix derrière moi a prononcé mon prénom. Je me suis retourné et j'ai immédiatement identifié sa jolie couleur caramel. J'ai bégayé :

— Bon… bon… Bonjour, Espérance…

Je ne peux pas vous dire si elle m'a souri, elle n'était pas assez près pour que je distingue son visage. Moi, en tout cas, j'ai souri bêtement et j'ai senti que je devenais rouge ketchup. J'ai tenté de dire un truc intelligent pour dissiper mon malaise :

— Tu vas au collège ?

Ah ! ça, pour être intelligent, c'est intelligent… Où veux-tu qu'elle aille à cette heure-ci, crétin ? Faire un jogging ???

Espérance n'a pas semblé trouver ma remarque totalement stupide puisqu'elle y a répondu :

— Ouais, je vais au collège mais franchement j'aurais préféré rester dans mon lit…

— T'es pas la seule… Ce matin, j'ai…

Je n'ai pas pu finir ma phrase. Espérance venait de m'attraper le bras, provoquant sans le savoir un coupe-circuit général. C'était la première fois qu'une fille me touchait et ça m'a fait un effet... Lorsque mon cerveau a de nouveau fonctionné, j'ai réalisé qu'elle venait de m'éviter un « emplafonnage » avec un réverbère. Dans le feu de la discussion, j'avais été moins vigilant et j'avais bien failli me faire mal.

C'est étrange, parce que j'aurais dû la remercier pour ça, mais je n'ai pas pu. Une bouffée de colère m'a envahi et j'ai donné un coup de coude assez sec pour qu'Espérance me lâche. J'ai évidemment regretté mon geste dans la seconde qui a suivi.

Comment allais-je rattraper la situation ?

Je n'ai rien eu à faire. Espérance a repris la discussion là où on l'avait laissée et on a marché en parlant comme si on était amis depuis des siècles. Cette fille était vraiment cool...

Arrivés devant le collège, elle m'a demandé d'un air inquiet :

— Tu connais un type dans une voiture bleu turquoise ? Il nous regarde bizarrement. Je ne le jurerais pas, mais j'ai l'impression qu'il nous suit depuis un bon moment...

À cette distance, je ne l'apercevais pas, mais je n'avais pas besoin de le voir pour le reconnaître. Un type dans une voiture bleue qui me suit, je n'en connais qu'un : mon père.

Cette fois-ci, c'est moi qui ai attrapé Espérance par le bras pour qu'on rentre le plus vite possible dans l'établissement.

On avait maths en première heure et, bien que la deuxième sonnerie ait retenti, Nathan n'était toujours pas là. C'est pas son genre d'être en retard... Mais qu'est-ce qu'il faisait ? Le cours a commencé sans mon meilleur ami. Ça tombait mal pour moi s'il était malade aujourd'hui... J'avais absolument besoin qu'il m'aide pour le français.

À la pause de dix heures, j'espérais encore son arrivée, mais en vain... C'est clair, je devrais me débrouiller autrement pour la lecture. J'ai donc attendu l'heure de la cantine, je me suis assis tout près de Yanni et j'ai essayé de le brancher, l'air de rien, sur le chant 5. Mais Yanni n'est pas Nathan, et il m'a balancé en souriant :

— Ah non, me parle pas boulot pendant que je bouffe, tu vas me faire dégueuler. Déjà que c'est infect, ce qu'il y a dans mon assiette !

Les copains autour ont explosé de rire. J'ai fait semblant d'apprécier moi aussi la plaisanterie pour ne pas perdre la face.

Ils ont commencé à parler de leur match de foot. Je me suis levé sans avoir touché à mon plateau. Personne ne s'est rendu compte de mon départ. Je ne pouvais pas vraiment en vouloir à Yanni. Je n'avais pas dit clairement que j'avais besoin de son aide. D'ailleurs, je ne le dis jamais.

Alors que je traversais la cour en gardant la main le long du mur pour marcher droit, j'ai aperçu Espérance assise par terre au soleil sur sa doudoune. Je crois qu'elle lisait ou qu'elle écoutait de la musique. Je n'ai pas réussi à voir. En tout cas, elle était très concentrée. Et si je lui demandais à elle de me raconter le chant 5 ? Elle le ferait, c'est sûr… Oui, mais qu'est-ce qu'elle penserait de moi après ?

Je suis passé très vite.

Il me restait moins de quarante minutes maintenant avant la reprise des cours, il fallait que je me décide.

Bien que je me sois juré la veille de ne pas retourner au CDI, je l'ai fait…

J'étais assis depuis moins de deux minutes

sur les coussins du coin des romans, quand j'ai senti sa présence. J'ai gardé les yeux rivés sur mes baskets. Mme Stabat m'a demandé dans un souffle :

— Quel chant, aujourd'hui ?

— Le 5.

Elle a ouvert le livre qu'elle avait déjà dans les mains et elle s'est mise à lire.

C'était Hermès, en personne, qui était venu sur l'ordre de Zeus exiger de la nymphe Calypso qu'elle libère Ulysse. Elle le tenait prisonnier depuis de longues années, or son destin n'était pas de mourir loin des siens. Évidemment, la nymphe ne l'entendait pas de cette oreille et elle accusait sans détour les dieux.

« *Vous êtes malfaisants, dieux, et envieux contre tous, vous refusez le droit de coucher avec un mortel, ouvertement, quand elles en ont fait leur époux.* »

J'ai eu un choc… C'est quoi cette histoire ??? Je croyais que la nymphe retenait Ulysse contre sa volonté. Pas un instant je pensais que notre valeureux héros trompait sa fidèle Pénélope avec la première venue. Un peu plus loin, le texte était encore plus explicite. Si Ulysse voulait désormais rentrer chez lui, ce n'était pas vraiment par amour pour sa femme, mais parce que Calypso ne lui plaisait plus et qu'il s'ennuyait à mourir. On était plus près de la vie d'un acteur hollywoodien dans *Voici* que de celle d'un super héros dans l'*Odyssée*. Mme Stabat a dû se rendre compte de ma surprise car elle a interrompu sa lecture et m'a dit très doucement :

— À être un héros, il n'en est pas moins un homme. Il a les qualités d'un être supérieur, mais il est aussi capable de faiblesses, liées à sa condition d'être humain. C'est pour cela qu'on peut s'identifier à lui. Il est comme nous, il a des défauts. Que ferait-on d'un modèle inimitable ? Et puis, il y a Télémaque… On peut imaginer le chagrin d'un père loin de son fils.

J'ai soudain vu Ulysse dans une voiture bleue guettant Télémaque à la sortie de l'agora, après vingt ans d'absence. Ça me l'a rendu tout de suite plus sympathique. Ma liseuse avait raison. Elle a repris sa lecture.

Calypso, contrainte et forcée, acceptait maintenant le départ du roi grec, mais elle lui faisait une énorme crise de jalousie. En gros, elle lui disait : « Tu veux rejoindre Pénélope mais c'est un thon à côté de moi ! En plus, elle va devenir vieille et ridée parce que c'est une mortelle, alors que moi, je serai toujours canon. »

Comme quoi, le fait d'être une nymphe ne vous vaccine pas contre la jalousie.

Après quatre jours de travail durant lesquels Ulysse avait abattu vingt arbres, taillé des voiles, ajusté les écoutes pour construire son radeau, les deux amants se séparaient au petit matin. Sanglots contenus de la nymphe et regard plein de faux regrets du bel Ulysse sur fond de carte postale.

Qui a dit que l'*Odyssée* était un livre ennuyeux ???

La cloche a sonné au moment où les voiles se déployaient au vent. Mme Stabat s'est levée sans un mot et avant qu'elle ne s'évapore comme la première fois, je me suis entendu lui dire :

— À lundi ?

— À lundi…

— Je m'appelle Eliott.

— Alors à lundi, Eliott.

Sur le coup, j'ai été vraiment content de ce rendez-vous, mais ensuite, j'ai été au supplice tout le reste de la journée. Mais qu'est-ce qui m'avait pris de lui proposer de revenir ? Elle allait raconter à tout le monde ce qu'elle faisait pour moi, et ma volonté de montrer que je suis comme les autres allait être réduite à néant.

À cinq heures, ma décision était prise. Je ne retournerai pas au CDI. Je n'avais pas besoin d'elle. Papa m'avait promis de me scanner plusieurs chapitres d'avance. Je les lirai tranquillement chez moi.

Le soir, le dîner a été lugubre... Mes parents ne se sont pas adressé la parole de tout le repas.

En rentrant, mon père, voulant prouver à maman qu'il était un homme cool ne surprotégeant pas son fils, lui avait annoncé que je m'étais rendu seul au collège.

La crise !

Après un long silence durant lequel ma mère avait dû tenter de reprendre sa respiration, elle l'avait traité d'irresponsable. Bien qu'ils aient fermé la porte et baissé la voix pour que je n'entende pas leur dispute depuis ma chambre, je n'avais pas loupé une miette de leur dialogue.

— Ah ! ben maintenant, je suis un irresponsable ! Il faudrait savoir !!! Ce matin, j'étais un père excessif...

— Mais comment as-tu pu le laisser partir tout seul ?

— Comme tu me le faisais remarquer très justement, il a plus de douze ans…

— Douze ans et une… Douze ans et une…

— Vas-y, prononce le mot… Ça fait quatre ans que tu t'arranges pour ne pas nommer sa maladie.

— La nommer, c'est la faire exister.

— Malheureusement elle existe, que tu en parles ou non. Notre fils souffre d'une rétinite pigmentaire, et notre boulot, c'est de l'aider à grandir du mieux possible. Ce matin, j'ai pris en compte ce que tu m'as dit. Tu as raison, je suis trop présent… Je vais essayer de le laisser respirer. Mais toi aussi, tu dois bouger. Arrête avec ta culpabilité, ce n'est pas de ta faute s'il est malade. Il a besoin d'une mère qui le pousse vers la vie, pas d'une femme dépressive…

À partir de là, malgré tous mes efforts pour tendre l'oreille, je n'ai plus rien entendu. J'ai donc débarqué illico dans le salon. Personne… Maman avait filé dans la cuisine et papa était dans sa chambre devant son ordi.

Ambiance…

Je me suis affalé sur le canapé et, mes écouteurs dans les oreilles, j'ai mis la musique le plus fort que j'ai pu.

J'ai essuyé mes larmes avec ma manche.

3

TEMPÊTE SOUS UN CRÂNE

Le week-end a été monstrueux. Maman s'est arrangée pour ne jamais avoir à parler à mon père. Évidemment, lui a fait comme si de rien n'était et a joué la comédie du type épanoui. Je les ai détestés. Ils me croient si aveugle que ça…

Heureusement, j'ai eu Nathan au téléphone, dimanche, il m'a remonté le moral. Apparemment, je n'étais pas le seul à subir des parents impossibles. Il était fou de rage lui aussi.

— Ah ! non, mais ma mère, je peux plus me la voir ! Elle me court après depuis hier avec une espèce de plâtre à avaler. C'est à dégueuler…

— Mais pourquoi elle veut que tu prennes ça ?

— Parce que, officiellement, ça empêche de dégueuler !

— N'importe quoi…

— Quant à mon père, c'est comme d'hab : « Je me barre dès qu'il y a un problème. » Normalement, c'était son week-end, mais quand il a su que j'avais une gastro, il a dit à ma mère qu'il nous prendrait le week-end prochain. Elle a fait une gueule... Je ne sais pas ce qu'elle avait prévu, mais elle a été obligée d'annuler et depuis, elle est d'une humeur de chien. Elle n'arrête pas de nous engueuler à tour de rôle. La pauvre Sarah, elle s'est fait exploser parce qu'elle avait laissé trois cheveux dans la baignoire, et Tom, j'en parle même pas. Elle a failli lui faire avaler ses Lego parce qu'il jouait au milieu du salon...

— Tu te souviens de la phrase de Jules Romain que la prof de français nous a lue la dernière fois ?

— Laquelle ?

— Celle où il affirme « Tout le monde n'a pas la chance d'être orphelin. » Je me demande s'il n'a pas raison ?

— Peut-être, ouais... Et au fait, c'était comment le contrôle de français ?

— Super facile... Si tu veux, je te maile le sujet.

— Pour quoi faire ?

— Au cas où elle te ferait recomposer lundi.

— Oh ! t'as pas tort... Alors maile-moi aussi les réponses, parce que j'ai pas envie de me taper le chant 5 alors que j'ai déjà le 6 à lire pour demain.

Je n'ai pas osé dire à Nathan que j'aimerais bien être à sa place et avoir à lire sans rien demander à personne.

Papa était en train d'écouter Supertramp quand je suis allé lui réclamer mes chapitres scannés. Allongé sur le canapé, son énorme casque sur les oreilles, il bougeait la tête, les yeux fermés. Je l'ai observé un long moment à moins de vingt centimètres de son visage. Il ne s'est pas aperçu de ma présence. Ça faisait peut-être cinq minutes que j'étais là à le regarder quand il a ouvert les yeux. Il a fait un bond comme si j'avais une tronçonneuse à la main et qu'il était une jeune fille seule, la nuit, dans une maison de campagne. Il a hurlé :

— Oh, tu m'as fait peur, Eliott !

— Désolé...

— Tu voulais quelque chose ?

— Ouais, mes chapitres de l'*Odyssée*.

En temps normal, mon père se serait levé à toute allure et aurait couru à son ordi. Mais là, il m'a juste dit :

— Je t'ai scanné le 5, il est sur mon bureau.

J'ai répondu du tac au tac :

— C'était pas la peine de le faire en entier, j'ai presque tout lu…

— Comment t'as pu le lire ? Tu ne l'avais pas…

Il y a des fois dans la vie où l'on regrette amèrement de ne pas avoir réfléchi avant de parler. Ce n'était pas le moment de lui raconter le CDI, Mme Stabat et ses lectures privées. Surtout que c'était une histoire terminée… Alors, pour la seconde fois, en moins de trois jours, j'ai préféré mentir.

— La prof nous l'a lu en cours… Tu peux me faire le 6 et le 7 ?

— Je finis d'écouter mon CD et j'y vais…

Alors ça, c'est du jamais vu… Je demande un truc à mon père et il ne se précipite pas pour me le donner. C'est quand même pas la mini-remarque de ma mère vendredi qui a produit un tel effet ?

Il ne va pas tenir… Dans deux secondes, il est debout.

Ah ben non…

Papa a remis son casque sur les oreilles et il a fermé les yeux. Je l'ai laissé avec sa musique d'un autre siècle.

Maman feuilletait son *Elle* en buvant un thé dans la cuisine. Thé vert au jasmin, son préféré. Pas besoin de voir le nom sur la boîte, on se croirait dans un jardin quand il infuse.

— Coucou mon Eliott, ça va Chéri ?

— Mouais…

En temps normal, un « mouais » prononcé avec cette petite lassitude provoque une rafale de questions du genre : « Qu'est-ce qui se passe ? », « Tu ne te sens pas bien ? », « Tu as besoin de quelque chose ? »

Là, rien.

Pas mal, leur duo de parents ultra cool…

J'ai attendu un petit moment sans dire un mot. Elle a fini par réagir.

— Tu veux goûter, mon cœur ?

— J'aimerais surtout faire mes devoirs pour demain.

— Et pourquoi tu ne les fais pas ?

— Parce que papa n'a pas scanné mon texte… Tant pis, j'aurai zéro si le prof m'interroge !

Maman s'est levée comme si elle avait une famille d'oursins sous les fesses.

— Mais il est où, ton père ?

Ah ben là, je la reconnais…

J'ai répondu tranquillement en prenant un yaourt dans le frigo :

— Il est sur le canapé... Supertramp à fond les baffles.

Ma mère s'est rassise. Elle a inspiré profondément et s'est forcée à dire d'un ton très calme :

— Il va s'en occuper après... Goûte d'abord... Tu veux que je te fasse des crêpes ?

— Tu as de la crème de marron et de la chantilly ?

— Oui monsieur !

Alors là, c'est sûr, elle possède une arme fatale pour me faire taire ! Maman a préparé sa pâte en moins de temps qu'il ne m'en faut pour la manger. Je lui ai demandé :

— Et si on faisait un goûter breton avec jus de pomme, crêpes et musique celtique ? Un truc comme quand j'étais petit, quoi !

Ma mère m'a regardé fixement, puis elle a dit d'un air gêné :

— J'ai pas de... J'ai pas de... jus de pomme.

Je n'ai pas insisté. On savait, elle et moi, que ce qui manquait pour faire la fête, ce n'était pas le jus de pomme...

Comme promis, papa m'a adapté les chapitres suivants de l'*Odyssée*.

C'est donc le ventre plein et armé de ma loupe que j'ai repris, une heure plus tard, le chant 5. Ulysse était maintenant sur la mer, conservant la grande Ourse à main gauche, comme le lui avait conseillé Calypso. Il faisait route tout droit sans dormir. C'était presque gagné... Il allait bientôt pouvoir prendre le p'tit déj' avec Télémaque !

Mais non... Ce serait trop simple !

Voilà que Poséidon, le puissant Ébranleur du sol, contemplant la mer, apercevait le Grec et entrait dans une colère noire. Il rassemblait les nuages, soulevait la mer et déchaînait les ouragans de tous les vents. La cata, quoi, pour l'autre qui était sur sa petite embarcation !

Je me suis arrêté de lire. Ce n'était pourtant pas le moment. Le radeau venait de se fracasser et Ulysse de couler à pic.

J'avais trop mal à la tête pour continuer. J'avais lu quoi ? L'équivalent de deux pages normales ? Pas plus... Mais j'avais la sensation que c'était sous mon crâne qu'il y avait une tempête.

J'ai descendu le store et éteint mon halogène. Me mettre dans le noir est le seul moyen de calmer mes migraines. Je suis resté un long moment sans bouger. Il y a eu une légère accalmie.

Mon portable a sonné, enfin plutôt, des vaches ont meuglé. Le meuglement des vaches, c'est la sonnerie que j'ai choisie pour Nathan. Comme les noms qui s'affichent sur mon téléphone sont écrits en trop petit, j'ai attribué à tout mon répertoire des cris d'animaux. Maman miaule, papa brait, Philomène jacasse... ça fait un peu zoo, mais au moins je sais qui m'appelle !

— Salut Eliott !

— Coucou Nathan !

— Je te dérange ? T'as l'air complètement endormi...

— Non, j'écoutais de la musique.

Nathan a beau être mon meilleur copain, je n'aime pas lui raconter mes petits bobos. Il a continué :

— Je t'appelle parce que je n'ai pas reçu ton mail avec le contrôle.

— C'est de ma faute, j'ai oublié... je le fais tout de suite. T'as lu le chant 5 ?

— Ouais... Et toi ?

— Une partie seulement. J'en suis au moment où Ulysse coule.

— Ah ben, t'as pas fini !!! Quand j'ai lu qu'il ne remontait pas à la surface, je me suis dit : « Trop bien ! il va se noyer, on ne va plus en entendre parler. » Eh ben, pas du tout… Il y a la déesse de la mer, je ne sais plus comment elle s'appelle, qui lui ordonne de se désaper et de se couvrir d'un bout de tissu magique qui le fait flotter. Résultat, au bout de trois jours de cauchemar intégral, il se retrouve sain et sauf, à poil sur une plage. Il crève de peur parce qu'il a très sommeil et il est certain que Poséidon va lui envoyer un monstre en 3D pour le massacrer pendant qu'il dort. Alors, il se traîne jusqu'à un sous-bois et se planque sous des feuilles. Athéna verse illico sur ses yeux le sommeil pour le délivrer de son horrible fatigue. Le truc hyper crédible, quoi !

– Et alors, si c'est pas crédible, c'est pas grave… Tu râles pas, quand tu regardes *Avatar* !

– Non, mais *Avatar*, c'est du cinéma…

– Eh ben, t'as qu'à te le faire dans ta tête ton cinéma et tu verras que l'*Odyssée*, dans son genre, c'est cool !

– Ouh là, tu vas mal, toi ! Si tu dis que tu kiffes l'*Odyssée*, t'es capable de me balancer aussi que tu kiffes à mort le conditionnel présent et les compléments circonstanciels de lieu…

– N'importe quoi… Je veux juste dire que t'aimes pas l'*Odyssée* parce que, pour toi, c'est des devoirs à faire, c'est pas une belle histoire qu'on te raconte...

— Parce qu'on te la raconte à toi ??? T'as quoi ? Une petite fée qui te la chuchote dans le creux de l'oreille ?

Je suis resté sans voix. Mais pourquoi Nathan me disait ça ? Est-ce que quelqu'un m'avait vu au CDI avec Mme Stabat et était allé tout raconter à mon meilleur ami ?

Il a continué sans se rendre compte de mon trouble :

— Bon, et sinon, t'as fait les exos de maths ?

— Oui.

— Le 4 page 66 aussi ?

— Oui.

— Tu me le fileras alors, parce que moi, j'ai pas réussi.

Une voix agacée a hurlé : « À table ! » dans le combiné. Ça m'a défoncé le tympan gauche. Nathan a chuchoté :

— Alors là, tu viens de te taper la mauvaise humeur de ma mère en *live*. Il faut que j'y aille, sinon je vais me faire déchirer. À demain !

— À demain...

J'ai rallumé ma lampe, attrapé ma loupe et je me suis remis à la lecture de l'*Odyssée*. Je ne sais pas si c'est l'heure tardive, mes maux de tête, le week-end un peu pourri avec mes parents, mais je n'ai pas réussi à me concentrer. Je lisais des mots mais ça ne faisait pas des phrases. J'ai balancé mes feuilles à l'autre bout de ma chambre.

4

C'EST QUOI L'AMITIÉ EN VRAI ?

Lundi matin, alors que je préparais mon sac dans ma chambre, maman a crié depuis la cuisine :

— Eliott, on est partis dans cinq minutes.

Je l'ai rejointe et je lui ai demandé :

— Je ne peux pas y aller à pied aujourd'hui ?

Elle s'est raclé la gorge comme si elle avait une plantation de cactus sur le larynx.

— T'iras plus vite en voiture.

— Je ne suis pas en retard…

— C'est moins fatiguant si je t'accompagne.

— Je ne suis pas fatigué…

— Fais comme tu veux, alors.

Incroyable !!! Jamais, en posant cette question, je n'imaginais que ma mère allait accepter.

Mon père, passe encore, mais ma mère, c'est impossible...

Il y avait de la volonté de changement dans l'air !

J'ai pris mes affaires et j'ai lancé :

— Salut Mum, à ce soir...

Maman n'a pas rappliqué pour tenter une diversion. Elle a juste dit calmement depuis sa chambre :

— À ce soir, Eliott... Sois prudent !

Je n'ai pas eu le cœur qui battait comme un fou en me retrouvant dans la rue, et si les obstacles étaient toujours présents (aujourd'hui au programme : un jeune type en roller qui s'amuse à zigzaguer entre les piétons, un enfant qui tourne autour d'un réverbère en poussant des cris de Sioux, un chien qui fait ses besoins sur le trottoir et sa maîtresse qui l'attend, plantée là, avec un sac en plastique pour pouvoir ramasser), je me suis senti plus à l'aise que vendredi. J'ai marché jusqu'au collège en gardant la main collée le plus possible aux immeubles, de manière à avancer droit. Je me sentais tellement bien que j'ai même commencé à chanter. Au moment où il fallait traverser la rue, j'ai aperçu Espérance dix mètres devant moi. Je n'ai pas osé l'interpeller. J'ai préféré courir pour la rattraper.

Des freins ont crissé sur le bitume.

Des klaxons assourdissants ont empli tout mon espace. Je suis resté tétanisé sur le passage clouté.

Et puis des cris :

— Ça va pas, non, de traverser comme un dingue au vert !!! J'ai failli te renverser ! Tu trouves ça drôle ? Oh, je te parle ! Tu comptes rester planté au milieu de la rue ? C'est quoi, un nouveau jeu ?

J'entendais bien la colère de l'automobiliste et je savais bien que je devais m'excuser, mais je n'arrivais pas à sortir un seul son. Mes jambes non plus ne m'obéissaient pas.

Quel idiot j'avais été de vouloir partir seul ! Plus jamais je n'irais à pied au collège. Il fallait se rendre à l'évidence, j'en étais incapable. Après tout, si mes parents s'inquiétaient tellement pour moi, c'est qu'il y avait des raisons.

Maintenant, comment allais-je décoller des clous sans m'effondrer ?

J'ai senti une main douce dans ma main moite et une voix caramel m'a chuchoté :

— On y va ? On va être en retard en SVT...

— Oui, on y va...

On a marché tranquillement jusqu'au collège sans se lâcher la main. Espérance n'a pas commenté l'incident.

Alors qu'on entrait dans la cour, je lui ai murmuré :

— Je crois que j'avais besoin d'aide, tout à l'heure.

Elle m'a souri, puis elle a répondu tout doucement :

— On a tous besoin d'aide... Sans les autres, on n'est rien...

Je ne sais pas si c'était une citation du prof de français qu'elle avait apprise ou une phrase qu'elle venait d'inventer, mais ça m'est allé droit au cœur.

J'aurais aimé le lui dire, mais Nathan m'a sauté dessus à ce moment-là. Il s'est agrippé à mon dos comme si on était en CP. Pour un type qui a eu une gastro carabinée, il semblait dans une forme éblouissante. Il m'a hurlé dans les oreilles :

— Je suis trop content d'être là ! Tout, plutôt que rester coincé à la maison avec ma mère. J'ai vécu l'enfer...

J'ai tenté de me dégager. Je voulais absolument dire quelque chose de gentil à Espérance, en tête à tête. Mais Nathan, branché uniquement sur sa joie, n'a pas vu à quel point il me gênait. Il a continué à me sauter dessus façon mêlée du Quinze de France.

Espérance a fini par s'éloigner, non sans m'avoir dit avant :

— À plus tard, Eliott !

J'ai un peu bégayé quand je lui ai répondu :

— À plus... à plus... à plus tard...

Évidemment, mon trouble n'a pas échappé à mon meilleur copain qui m'a immédiatement interrogé :

— Tu la kiffes ou je rêve ?

— Tu rêves... point final.

Normalement, un point final indique qu'on en a fini, mais sur un sujet pareil, il était prévisible que Nathan n'en resterait pas là :

— Tu la chinais quand je suis arrivé ?

— Tu sais, Nathan, dans la vie, on peut parler avec une fille sans pour autant la draguer.

— Oui... Pas très convaincant comme argument, surtout quand on a été pris en flag de regard de velours et de bégaiement.

— Lâche-moi...

— De l'agressivité maintenant ! Tu as donc vraiment quelque chose à cacher.

Face à mon air mauvais, mon meilleur copain n'a pas insisté mais j'ai eu droit à cinq fois le mot « espoir », deux fois le mot « espérer » et trois fois le mot « espérance » avant la sonnerie. Évidemment, à chaque fois, il s'est approché tout près pour que je voie bien qu'il me faisait un clin d'œil. Plus lourd, tu meurs...

Je n'avais pas terminé ma lecture du chant 5 de l'*Odyssée*, hier soir. J'avais l'intention de me lever plus tôt pour le faire ce matin, mais je n'en avais pas eu le courage. De toute façon, la prof n'allait pas nous donner une interro, on en avait déjà eu une vendredi. Elle n'allait pas non plus m'interroger, j'avais répondu la fois d'avant. Bref, avec un peu de chance, j'allais y échapper.

Quoique...

Parfois les profs, ils feintent. Ils t'interrogent à un cours, alors toi, la fois d'après, tu ne te méfies pas, tu n'apprends pas ta leçon et paf... tu te fais choper.

Ils font souvent ça en début d'année, l'air de dire : « Pour ceux qui se croiraient à l'abri, je vous préviens, ça peut tomber à tout moment... »

Mais Mme Sultane, ce n'est pas son genre. On sent que ce qu'elle veut, c'est que les élèves aiment le français, alors elle ne la joue pas trop « police ».

Enfin, en même temps, ça reste un prof… C'est-à-dire un être qui est entré à l'école à trois ans et qui n'en est jamais sorti. On peut imaginer les dégâts !

Bon, ben, je croise les doigts…

La prof a commencé son cours comme d'hab en écrivant sa maxime au tableau. J'ai branché la petite caméra de papa pour la lire sur mon ordi. Cette fois, c'était Épicure, un philosophe grec : « Ce n'est pas l'aide de nos amis qui nous aide, c'est notre confiance dans cette aide. »

Il y a eu un grand silence dans la classe puis un petit brouhaha. Mme Sultane nous a laissés parler entre nous un petit moment. Elle a fini par dire :

– Quelqu'un m'explique ?

Une forêt de doigts s'est levée. Raphaël a demandé la parole :

– L'auteur veut dire que ce n'est pas ce que nos amis font pour nous qui est important.

– Alors quoi ? Qu'est-ce qui est important ?

– C'est si nous, on a confiance en eux…

— Sois plus précis. Que signifie : « C'est notre confiance dans cette aide » ?

Raphaël n'a pas pu expliquer davantage. C'est Ava, « Mademoiselle-j'ai-un-avis-sur-tout », qui a continué :

— C'est pas ce que fait un ami pour nous qui est important, c'est le fait qu'on sache dans notre cœur qu'on peut compter sur lui.

— Bravo Ava, c'est exactement ça ! Bien analysé.

Ava, très certainement ravie d'être félicitée par la prof, a gloussé comme une poule.

Moi, j'ai repensé à la main douce d'Espérance et à cette façon si simple qu'elle avait eue de m'aider ce matin. Je me suis dit que c'était le genre de fille en qui je pourrais avoir confiance. J'ai eu envie de me retourner pour la regarder, mais elle est au troisième rang, et à cette distance, je ne vois déjà plus rien.

La prof nous a demandé de prendre l'*Odyssée*. J'ai vite sorti ma version adaptée. J'ai écouté les élèves parler à tour de rôle du chant 6. Ça a duré toute l'heure.

Quand la cloche a sonné, je suis sorti de la classe super énervé. Je n'avais rien compris à ce qui avait été raconté. Alors oui, j'avais bien saisi qu'en se réveillant dans le sous-bois, Ulysse s'était retrouvé face à une très belle princesse prénommée Nausicaa. Mais après, ç'avait été le grand flou... Il avait été question de linge à laver, d'huile, de mules, de chariot, de commérages et d'une reine dont il faut embrasser les genoux... Sans avoir lu auparavant le chapitre, il était impossible de comprendre. Je ne pouvais pas rester comme ça.

Je ne suis même pas allé chercher un bout de pain à la cantine. J'ai pris mon pass pour l'ascenseur et j'ai rejoint le CDI.

Je me suis assis sur les coussins, totalement découragé. Si on faisait le bilan de cette matinée, c'était consternant : j'avais failli me faire écraser par une voiture, je n'avais pas pu vraiment remercier Espérance pour son aide et je n'avais pas réussi à suivre le cours de français. Bref, contrairement à ce que j'essayais de prouver à mes parents, j'étais incapable d'être autonome.

— Ça te dit, un sandwich au thon ? J'en avais fait deux mais je n'ai plus faim...

Mme Stabat était debout devant moi, je ne l'avais même pas entendue arriver. Elle m'a tendu un petit sac en plastique sans attendre ma réponse.

— Bien sûr, tu vas le manger discrètement dans mon bureau. Tu sais que la nourriture est interdite au CDI.

— Oui…

— Je range les magazines en t'attendant.

— D'accord.

Lorsque je suis revenu cinq minutes plus tard l'estomac plein, la bibliothécaire était assise et regardait à travers la fenêtre. Elle était tellement absorbée que cette fois-ci, c'est moi qui l'ai surprise. Elle a sursauté.

— Ah ! te voilà Eliott, c'était bon ?

Comme j'étais tout près d'elle, j'ai vu que ses yeux étaient pleins de chagrin. J'ai fait semblant de rien.

Elle a immédiatement commencé la lecture de l'*Odyssée* et j'ai enfin compris comment l'audacieuse Nausicaa, fille d'Alcinoos, avait ramené Ulysse au palais de son père, surmontant sa peur et bravant les commérages. Comment elle avait rusé pour que sa mère, la reine, intervienne en faveur du Grec. Bien sûr, elle n'avait pas fait tout cela par pure générosité. Elle ne savait pas encore que l'homme aux muscles huilés était marié à la belle Pénélope et qu'il voulait rentrer chez lui. Pour tout dire, elle espérait se caser avec le beau gosse ! Décidément, je ne sais pas comment il se débrouillait, mais elles lui tombaient toutes dans les bras… J'ai fait part de ma réflexion à ma liseuse.

— Eh oui, m'a-t-elle répondu en riant, Ulysse est un séducteur à qui aucune femme ne résiste.

— Tout ça parce qu'il est beau ?

— Il n'est nulle part écrit dans l'*Odyssée* qu'Ulysse est beau. C'est pire que ça… Il a du charme. Alors, certes, on nous décrit sa musculature, sa force physique, mais ce n'est pas ça qui agit sur les femmes…

— Alors quoi ?

— Il a une arme secrète.

— Laquelle ?

— C'est un héros qui pleure…

— Quoi ???

— N'importe quel Rambo peut tuer la moitié de la planète à coups de gourdin et n'avoir aucun état d'âme. Mais posséder le courage physique et savoir en plus pleurer, elle est là, la force. Il sait qu'il est fragile et il l'accepte…

Je n'étais pas sûr d'avoir tout compris, mais il m'a semblé que ce que venait de dire Mme Stabat était important. Je lui ai souri. Elle m'a demandé gentiment :

— Pourquoi étais-tu si triste tout à l'heure, quand tu es arrivé ?

— Comment savez-vous que j'étais triste ?

— Parce que je l'ai vu à ton regard. Alors, pourquoi cette tristesse ?

Je lui ai raconté mon horrible matinée.

Elle n'a pas ajouté un mot quand j'ai eu terminé.

J'ai aussitôt regretté de m'être confié à elle.

La cloche a sonné. J'ai pris mon sac et mon blouson.

Au moment où je partais, elle a chuchoté :

— Il y a toujours deux façons de voir les choses dans la vie. Et moi, je dirai qu'aujourd'hui : tu as osé une fois de plus t'aventurer seul dans la rue, tu as accepté de montrer ta fragilité à la jolie Espérance et tu as su être assez malin pour que personne ne se rende compte que tu n'avais pas fait ton travail. C'est donc une sacrée bonne matinée ! Surtout si on ajoute à cette liste mon sandwich au thon…

J'ai éclaté de rire. Je ne m'attendais pas une seconde à ce qu'elle me parle de son sandwich. J'ai quand même confirmé :

— Pour le sandwich, c'est vrai… ça a illuminé ma matinée ! Il était excellent, merci…

— Alors, sandwich au saumon et tarte aux pommes en dessert ?

— Mais j'ai plus faim, là, et je dois aller en cours…

— Ce n'est pas pour maintenant… C'est du menu de demain que je te parle.

— Génial ! J'adore la tarte aux pommes !!!

— Ça tombe bien, c'est ma spécialité. À demain, alors ?

— À demain, madame Stabat…

J'ai chanté en attendant l'ascenseur. Je ne sentais plus le ballon de basket qui gonfle parfois dans ma poitrine, j'avais plutôt l'impression que mes poumons étaient posés sur une montgolfière.

Espérance était seule dans le couloir quand je suis arrivé au premier. Elle m'a fait un signe de la main. Enfin, je crois… d'où j'étais, il m'a semblé qu'elle avait bougé le bras. Peut-être qu'elle remettait l'élastique de sa queue-de-cheval… En tout cas, je me suis avancé vers elle et je lui ai dit :

— Tu es partie vite tout à l'heure dans la cour…

— Il y avait Nathan qui voulait absolument te parler.

— Ça tombait mal parce que moi, c'est à toi que je voulais absolument parler. C'était cool ce que tu as fait ce matin pour moi quand j'étais dans le passage clouté.

— C'était pas cool, c'était normal. Tu aurais agi de la même manière pour moi, non ?

— Oui…

— Alors voilà !

Comme la prof d'anglais ouvrait la porte de la 103, on a rejoint notre classe sans ajouter un mot de plus.

Ma mère était garée devant le collège quand je suis sorti à quatre heures. Elle a klaxonné pour que je la repère. Je suis monté vite fait dans la voiture.

— Coucou, mon Eliott !

— Salut…

— Bonne journée ?

— Pas mal…

— Il y avait donc des frites à la cantine !

Je me suis marré. C'est une blague qu'on se fait depuis que je suis tout petit. Quand il y a eu des frites à la cantine, on estime que la journée a été bonne.

— Et toi, Mum, c'était bien ta journée ?

— Pas mal aussi... Si tu effaces Guérin du paysage !

M. Guérin, c'est le patron de ma mère. Il est insupportable. Le genre à tout vérifier mille fois, à ne jamais faire confiance à personne, à harceler tous ses employés. Maman ne le supporte plus depuis longtemps. Elle devait même démissionner et monter sa propre boîte, il y a quatre ans. Mais il y a eu mes yeux et elle a préféré continuer à travailler à mi-temps là-bas.

Ma mère est styliste, ça veut dire qu'elle dessine des modèles de vêtements. Elle est super douée. Malheureusement, Guérin ne s'intéresse pas aux créations les plus belles de maman. Il lui demande des choses basiques qu'il fait fabriquer en Chine.

Mais il faut voir les croquis de robes de mariée dans les carnets de ma mère. On dirait des vêtements de princesse. J'adore les regarder avec ma loupe. J'espère qu'un jour elle pourra les réaliser et je suis certain qu'à ce moment-là, le monde entier s'arrachera ses créations.

J'ai à peine pris le temps de goûter quand on est rentrés. J'avais des tonnes de devoirs. Je me suis enfermé dans ma chambre et j'ai bossé comme un fou sur mon ordi.

Le soir à table, quand papa m'a demandé de lui raconter ma journée, je n'ai pas parlé de Mme Stabat. J'ai aussi évité soigneusement le chapitre « Je traverse au vert ». Les parents ne sont pas obligés de tout savoir. De toute façon, comme l'ambiance était de nouveau bonne à la maison, il n'y avait aucune raison de la gâcher.

5

J'ai le cœur tout mou

J'étais super agité mercredi en me réveillant. Avec un peu de chance, j'allais retrouver Espérance sur le chemin du collège et on pourrait rester un moment ensemble. Évidemment mon père a tout tenté pour m'accompagner en voiture. Il m'a encore suivi jusqu'à l'ascenseur avec des trémolos dans la voix mais je l'ai stoppé net :

— C'est bon, Dad, t'inquiète… Je fais gaffe… Et pas de filature, s'il te plaît, t'es trop repérable avec ta voiture bleue !

— D'accord mais on passe un contrat alors…

— Lequel ?

— Je te laisse y aller seul, je ne te suis pas en voiture, mais en échange, tu me bipes sur mon portable quand tu arrives au collège. C'est correct comme deal, non ?

— Correct… au moins pour le début. Après, il faudra être plus confiant.

Papa m'a serré fort dans ses bras.

— Tu grandis à vue d'œil, toi !!! Allez file, tu vas être en retard.

Je ne me le suis pas fait répéter deux fois. Je me suis engouffré dans l'ascenseur en priant pour ne pas me cogner.

Dans la rue, j'ai marché le plus vite que j'ai pu, évitant avec habileté les obstacles. Lorsque je suis arrivé au niveau du passage piétons, j'ai cherché la silhouette caramel d'Espérance.

Personne…

J'ai attendu. Le feu a eu le temps de passer six fois au rouge avant que je ne me décide à partir sans elle.

Dire que j'étais déçu, c'est faible… J'étais horriblement déçu. J'ai marché jusqu'au collège, le cœur dans les chaussettes. J'ai quand même pensé à biper papa avant de passer la grille. Au moment où j'entrais, j'ai entendu Solal dire à sa petite bande :

— Tiens, voilà le bigleux… Il faudrait lui dire d'aller s'acheter des yeux, il aurait l'air moins con.

Ses copains se sont marrés, moi, je suis passé l'air de rien. Si je devais me battre à chaque fois que ce type fait une remarque désagréable, je passerais ma vie sur un ring. Pourtant, un jour, il faudra que je lui règle son compte à celui-là.

En fait, Espérance avait dû arriver tôt au collège ce matin parce qu'elle était déjà assise par terre dans la cour. Je crois qu'elle lisait. Je me suis planté dans son champ de vision en espérant qu'elle me rejoigne. Mais non… Elle est restée sans bouger jusqu'à la première sonnerie.

J'ai fait comme si j'étais hyper concentré par la recherche d'un truc dans mon sac quand elle est passée devant moi. Elle ne m'a pas parlé. Nathan, qui venait d'arriver, m'a tapé sans ménagement sur l'épaule.

— Salut mec !

— Salut…

— T'as fait les exos de maths ?

— Yes…

— Tu me les files rapido ?

— Ouais mais bouge, ça va sonner.

— La première ou la deuxième ?

— La deuxième…

— Aïe… Je suis super à la bourre ce matin !

Il nous a fallu plus de cinq minutes pour que tout soit recopié. Du coup, on est entrés dans la classe alors que M. Perthois était déjà assis à son bureau. Il nous a regardés par-dessus ses lunettes d'un air mauvais.

—Vous êtes censés être en classe entre huit heures vingt-cinq et huit heures trente, jeunes gens, pas après... Qu'avez-vous donc à dire pour votre défense ?

— On s'excuse...

— Pardon ???

Nathan a répété :

— On s'excuse pour notre retard, monsieur.

Perthois s'est levé de sa chaise d'un bond, a martelé l'estrade à coups de talon et est venu se planter devant nous. Il a prononcé d'une voix glaciale :

—Alors comme ça, vous vous excusez ?

— Ben... ben... oui, a bégayé Nathan.

—Vous-mêmes ?

Quoi, nous-mêmes ? Mais qu'est-ce qu'il veut ?

Espérance, assise au premier rang près de la porte, a attiré mon attention en agitant son écharpe rouge. Je me suis mis de profil parce que ma vision latérale est meilleure. Elle a écrit une phrase en très gros sur son classeur et l'a tenu debout sur sa table. J'ai réussi à lire : « Nous vous prions de bien vouloir nous excuser. »

J'ai répété la phrase à haute voix comme un

perroquet. Perthois, qui fixait méchamment Nathan dans les yeux, s'est tourné vers moi.

— Ah quand même ! Voilà enfin un élève qui parle correctement le français. Il ne s'excuse pas tout seul, mais prie un enseignant de bien vouloir l'excuser. Allez à vos places et soyez à l'heure, la fois prochaine.

On a filé s'asseoir. Mais quel malade celui-là… Nathan m'a chuchoté :

— Comment t'as su pour sa phrase à la con ?

— C'est Espérance qui m'a rencardé pendant que l'autre ne regardait pas.

Mon meilleur copain s'est marré :

— Dis donc, elle a pris des risques… Elle aurait pu se faire choper par Perthois. Et pourquoi elle a fait ça ?

— Parce que dans la vie, sans les autres on n'est rien…

— T'as avalé le dalaï-lama ou quoi ?

Je n'ai pas répondu à sa question débile. J'ai vite sorti mon ordi, branché ma caméra, puis j'ai recopié l'exercice que Perthois écrivait au tableau.

La journée est passée à toute allure. Je n'ai pas eu le temps de dire *ouf* qu'il était déjà quatre heures.

Maman m'avait prévenu que c'était Philomène qui viendrait me chercher à pied et qu'elle m'attendrait comme d'habitude à droite en sortant du collège.

Je me suis dépêché de sortir. Je n'aime pas trop qu'on me voie avec elle, comme si j'étais en primaire et que j'aie une nounou.

Manque de pot, elle était en retard. J'ai donc vu arriver Nathan, Yanni et toute la bande. Ils sont restés à discuter avec moi. Quelle poisse...

Heureusement, au bout de dix longues minutes, ils ont annoncé à tour de rôle qu'ils devaient y aller. L'un avait cours de judo, l'autre devait aller chercher sa petite sœur... Bref, je me suis retrouvé seul pour attendre Philomène. J'aimais mieux ça !

Un quart d'heure est passé. Philomène n'était toujours pas là. Bizarre, les rares fois où elle a un peu de retard, elle me téléphone cinquante fois sur mon portable. J'ai tenté de l'appeler : messagerie...

J'étais dos à la grille quand une voix que je reconnaîtrais entre mille maintenant m'a demandé :

— Ben, t'es encore là ?

Mon cœur est devenu tout mou. Je me suis retourné.

Espérance… Du caramel dans un rayon de soleil…

— Je t'attendais pour faire un bout de chemin avec toi, ai-je osé lui répondre en rougissant.

Il n'était pas question de lui confier : « Ma nounou est en retard et je suis obligé de rester là jusqu'à son arrivée. »

— Alors on y va, a dit Espérance.

Durant quelques secondes, j'ai imaginé ce qu'allait produire ma disparition : Philomène, ne me trouvant pas, appellerait papa qui appellerait maman qui appellerait la surveillante du collège qui rappellerait papa qui appellerait le commissariat qui répondrait qu'il faut attendre. Alors maman rappellerait papa qui rappellerait Philomène qui rappellerait maman…

Je les ai tous zappés et j'ai suivi Espérance.

On a marché sans parler, juste côte à côte. Arrivés au croisement, elle m'a dit :

— Alors à demain ?

Demain, c'était loin et puis, si c'était juste pour se croiser au collège, je n'en avais pas très envie. J'ai pris mon courage à deux mains et je lui ai demandé :

— Huit heures dix au feu ?

— D'accord, j'y serai.

Et elle est partie, emportant sans le savoir une partie de mon cœur. Heureusement qu'elle avait déjà le dos tourné quand je me suis pris le réverbère juste en face… Et un piéton… Et la poubelle… Et le banc…

Et…

J'ai quand même fini par arriver en bas de chez moi. Comme je n'avais pas de clefs, j'ai sonné chez Rosa la gardienne pour récupérer son trousseau.

Elle a ouvert la porte, m'a regardé comme si j'étais un rescapé de la Grande Guerre et elle m'est tombée dans les bras. J'aime bien Rosa, elle est gentille et je la connais depuis que je suis tout petit, mais quand même… Je n'ai pas l'habitude de ce genre d'effusions avec elle ! Elle a crié façon tragédienne :

— Oh mon Dieu, merci… Merci, mon Dieu… Vite, je l'appelle !

Rosa a sorti son portable de sa poche, a composé un numéro et, sans me donner une seule explication, elle s'est mise à hurler :

— Il est là ! Il est là ! Sain et sauf… C'est un miracle !

Euh… un miracle, il ne faut rien exagérer. Je rentre juste d'un collège situé à moins de huit cents mètres, un jour de semaine, à quatre heures de l'après-midi. Elle devrait arrêter de regarder *Les Feux de l'amour*, elle commence à tout dramatiser comme les personnages. Elle a continué :

— Oui, oui, je le garde avec moi jusqu'à votre arrivée.

Alors ça, pas question… Je ne reste pas avec elle. Je veux juste les clefs pour rentrer chez moi.

Vous avez déjà essayé de négocier avec un terroriste prêt à mourir pour la cause qu'il défend ? Eh bien, c'est rien à côté de Rosa. Je me suis retrouvé assis de force, en moins de cinq minutes, devant un bol de chocolat fumant et des tartines beurre Nutella.

Où est-il écrit déjà : « Manger gras et sucré nuit à la santé » ? Pas dans la loge de Rosa en tout cas !!!

J'en étais à la troisième bouchée quand Philomène a débarqué, soufflant comme une otarie asthmatique.

Pour éviter tout débordement d'émotions, j'ai immédiatement dit :

— Tout va bien… Pas la peine de paniquer. Depuis trois jours, je vais seul au collège, je peux donc parfaitement rentrer seul sans qu'il y ait mort d'homme.

— Vraiment ? Tu n'as pas eu peur quand tu ne m'as pas trouvée ?

— Pas une seconde… Je suis rentré avec une copine.

— Je suis désolée. J'ai oublié l'heure.

— Aucune importance, Philomène. Tu vois, je suis là maintenant…

— Oui, mais qu'est-ce qu'on va dire à ta mère ?

— Elle est vraiment obligée de savoir ?

Rosa et Philomène se sont regardées comme si je venais de leur proposer de pactiser avec le diable. J'ai ajouté :

— Je ne vois pas l'intérêt d'inquiéter maman avec quelque chose qui ne s'est pas produit. Elle est déjà tellement anxieuse à mon sujet qu'il vaut mieux la protéger, non ?

Les deux femmes ont trouvé dans ce dernier argument de quoi acheter leur conscience. C'est Rosa qui, la première, a donné son accord :

— Eliott a raison… Pourquoi affoler sa mère ? Il finit son goûter et vous remontez tranquillement comme si de rien n'était.

Philomène est restée un moment la tête baissée, puis elle a prononcé tout doucement :

— Si c'est mieux pour sa mère, alors d'accord…

Ouf… Je n'avais vraiment pas envie d'une crise d'angoisse maternelle rétrospective !!!

Je me suis jeté sur mon lit lorsqu'on est remontés. J'aspirais à être tranquille. Ma journée avait été une succession de montagnes russes.

Il y avait d'abord eu ma déception de ne pas voir Espérance le matin, puis ma joie quand elle était intervenue pour me sauver pendant le cours de maths, et puis ma séance au CDI durant laquelle Mme Stabat m'avait lu le chant 8. J'avais adoré…

Je vous raconte vite fait les exploits du bel Ulysse. Après avoir réussi à se faire copain avec le roi Alcinoos, le Grec s'était retrouvé le lendemain matin sur l'agora. Là, le roi avait annoncé à son peuple qu'il allait aider Ulysse à rentrer chez lui, même s'il ne connaissait pas encore son identité. Il avait convoqué le divin aède Démodocos à qui la Muse a ôté la vue mais a donné en échange une voix enchanteresse.

— Pourquoi les devins et les aèdes sont souvent aveugles dans l'*Odyssée* ? avais-je demandé à Mme Stabat.

— Parce que la vue est trompeuse et nous pousse souvent à l'erreur. On croit voir... Les textes nous enseignent la chose suivante : ne te laisse pas berner par l'apparence des choses, vois au-delà. Et pour cela, ne te sers pas de tes yeux.

— Enfin, c'est quand même bien pratique d'avoir des yeux qui marchent !

Mme Stabat avait marqué un temps, puis elle m'avait répondu :

— « On ne voit bien qu'avec le cœur, l'essentiel est invisible pour les yeux... »

— Vous savez qui me dit cette phrase à chaque fois que je le vois ? Mon médecin à l'hôpital...

— Elle n'est pas de lui, il l'a piquée au renard dans *Le Petit Prince* de Saint-Exupéry !

— Oh l'escroc ! Il s'est bien gardé de mentionner l'auteur !

La bibliothécaire m'avait souri.

— C'est qui ce médecin ?

— C'est celui que je vois tous les six mois à Paris. Il met toujours son nez de clown pour la consultation.

— Un vrai humain, donc !!!

— Ouais... un vrai humain qui m'a quand même annoncé que j'allais devenir non-voyant.

— Si c'était la vérité, il a bien fait de te la dire. Ça te permettait de te préparer. D'ailleurs, tu les prends où tes cours de braille ?

Heureusement qu'à ce moment-là des filles ont renversé une étagère, obligeant Mme Stabat à interrompre notre conversation, parce que l'apprentissage du braille, c'est le sujet qui fâche...

Je n'ai jamais commencé les cours. Bien sûr, à chaque visite, le docteur Bayrault pose la question, mais à chaque fois, maman s'arrange pour parler d'autre chose. Je crois que pour mes parents, apprendre le braille signifie : « Je renonce à tout espoir que mon fils voie. » Donc, on attend...

Mme Stabat était revenue près de moi. J'espérais qu'elle avait oublié sa question, mais non :

— Alors, ces cours de braille, qui te les donne ?

Je lui avais avoué la vérité. Elle n'avait pas réagi. Elle avait repris son livre pour continuer l'*Odyssée* : le moment où l'aède Démodocos, voulant raconter les exploits des grands héros de son temps, se met à chanter la querelle d'Ulysse et de son copain Achille. Évidemment, il ne sait pas que son héros est là en personne !

Le Grec, ému au souvenir de son meilleur ami mort, se met à pleurer. Le roi interrompt alors le récit et propose des jeux.

Bien sûr, j'avais écouté la suite, mais le silence de Mme Stabat après ma réponse sur le braille m'avait perturbé. J'étais sorti du CDI un peu flottant.

Et là, sur mon lit, je repensais à ce moment-là.

Ma vue baissait de jour en jour. Je ne pouvais pas me le cacher. Le jour où je serai non-voyant approchait et alors que deviendrais-je si je ne savais pas lire en braille ?

Papa allait-il enregistrer tous mes textes en audio comme il avait jusqu'alors agrandi chaque mot de mes livres ? Allais-je être encore dépendant de lui pour toutes les années à venir ? Devrais-je attendre de toutes les Mme Stabat du monde qu'elles veuillent bien me lire un passage de roman ? Étais-je condamné à rester un enfant à vie, quand bien même je grandissais ?

Des vaches ont meuglé sur mon portable. J'ai décroché :

— Coucou Nathan !

— Salut le tombeur !

Aïe, quelqu'un m'a vu rentrer tout à l'heure avec Espérance et Radio-Gossip a déjà fonctionné !

Mon meilleur ami a continué :

— Surtout, ne me raconte rien... Fais comme si on ne se connaissait pas.

— Qu'est-ce que tu veux que je raconte ? Je ne sais pas du tout de quoi tu parles.

— Fous-toi de moi, t'as raison... Tout à l'heure, t'as fait genre « I wait for Philomène », tu t'es débarrassé de moi, mais en réalité, tu attendais qu'on se soit tous barrés pour partir avec la demoiselle.

— Je l'ai vue tout à fait par hasard...

— Ah, tu sais de qui je parle maintenant ?

Bon, je vous fais grâce d'une partie de la conversation... Nathan m'a harcelé jusqu'à ce que je lui avoue que j'avais rendez-vous avec Espérance à huit heures dix devant le feu, demain matin.

— Yes !!! T'es trop un beau gosse, Eliott !!!

— C'est ça...

— Tu veux que je prenne des photos ?

— Quoi ???

— Ben ouais, je me planque façon paparazzi, je mitraille avec mon portable et je mets sur Facebook.

— Nathan, tu fais ça, je ne t'adresse plus jamais la parole de ma vie.

— C'est bon, j'ai dit ça pour rigoler ! Calme-toi…

J'ai eu du mal à me calmer. On a raccroché seulement après que mon meilleur copain a juré sur la tête de sa mère, de son père, de son frère, de sa sœur et de son nouvel ordi portable, qu'il ne viendrait pas à mon rendez-vous.

6

On a tous nos fantômes

Dans les jours qui ont suivi, ma vie a changé.

À force de persuasion, j'avais obtenu de mes parents d'aller et de revenir seul du collège. Enfin, quand je dis seul, vous comprenez…

C'était génial.

Espérance me prenait le bras pour que je ne me cogne pas dans tous les réverbères et je la laissais faire. On discutait de tout et de rien, comme si elle était un bon copain. Une fois, elle m'a même raconté l'histoire de sa famille. Un vrai scénario de film…

Avant, sa mère vivait au Rwanda, un petit pays d'Afrique. Elle était mariée et avait trois fils. Et puis la guerre civile a éclaté. Un jour, les Hutus sont entrés dans son village et ont tué tous les habitants Tutsis. Elle-même a frôlé la mort, mais un médecin français d'une organisation humanitaire, l'ayant trouvée inconsciente et baignant dans son sang, l'a soignée. Elle est revenue à la vie… mais quand elle a appris la mort des siens, elle a voulu mourir à son tour. Le médecin l'a sauvée une seconde fois. Durant plus d'un an, il a veillé sur elle comme sur une enfant.

— Et après ? avais-je demandé à Espérance

— Après, il l'a ramenée en France avec lui, l'a épousée quelque temps plus tard, et je suis née !

— T'es la fille du médecin français ?

— Oui…

— Waouh… quelle belle histoire ! Tu dois être fière d'être la fille de ces deux-là.

— Ce n'est pas si simple, tu sais.

— Pourquoi ?

— À cause des fantômes…

— Quels fantômes ?

— Ceux de mes frères que je n'ai pas connus. Ma mère crie leur prénom toutes les nuits dans son sommeil.

Espérance avait cessé de parler. Je lui avais pris la main. Elle était toute moite et il m'avait semblé qu'un cœur fou battait dans la paume.

Ma princesse caramel avait raison : « Dans la vie, sans les autres, on n'est rien… »

Quand je n'étais pas avec Espérance, je filais au CDI. Personne ne le savait, c'était mon secret… J'avais droit à chaque fois à un nouveau sandwich et à un nouveau dessert !

Ulysse racontait toujours à Alcinoos son voyage depuis Troie. On peut dire qu'il galérait : une fois, il avait dû combattre le cyclope Polyphème, lui crevant son œil unique, l'autre fois, il avait perdu une partie de ses hommes à cause des fruits qui dispensent l'oubli. Les dieux lui menaient la vie dure, mais il se battait comme un beau diable. J'admirais son courage face à l'adversité…

Dans cette nouvelle vie pleine de rebondissements, une seule chose me posait problème : c'était la tristesse de Mme Stabat. Même si je sentais que pour moi, elle faisait tous les efforts du monde, je la trouvais souvent le regard dans le vide. Parfois, lorsque je lui posais des questions sur le sens des choses, j'entendais sa respiration devenir rapide. J'avais bien essayé une fois d'en savoir un peu plus sur sa vie, mais elle avait stoppé net la discussion et je n'avais plus osé recommencer. Je sentais bien qu'elle avait un lourd secret.

J'entendais souvent des élèves de ma classe parler d'elle et ça me faisait mal. Tous se moquaient de son air absent, de sa façon de rester des heures à regarder quelque chose dans le fond de son sac, de son incapacité à faire régner l'ordre au CDI. Personne ne voyait l'être humain qu'elle était.

Cela faisait près d'un mois que je me rendais régulièrement là-bas quand, un matin, j'ai pris une décision importante. J'allais suivre des cours intensifs de braille. Il était évident maintenant que la lecture était une chose essentielle pour moi et je ne pouvais pas la déléguer aux autres. Je savais parfaitement que ma demande allait provoquer des remous à la maison, peu importe, je me sentais prêt à tout affronter. Je n'étais peut-être pas aussi courageux et rusé qu'Ulysse, mais je pouvais me battre, moi aussi !

J'ai attendu un samedi midi pour l'annoncer à mes parents.

Je crois que je me souviendrai longtemps de l'épaisseur du silence qui a suivi mon annonce. Un silence de mort… Un truc que tu n'entends que dans les films d'horreur, au moment où l'assassin s'apprête à découper sa victime façon volaille. J'ai attendu qu'ils digèrent l'info, puis j'ai enfoncé le clou :

— Je vous ai imprimé les horaires et les lieux où sont donnés les cours. Vous n'aurez pas besoin de payer, c'est gratuit. Il faudra juste que je me procure le livre et le matériel d'écriture.

Re-silence de mort… Et puis mon père s'est manifesté :

— Parfait, ça c'est de l'organisation mon fils ! Toutes les informations sont réunies sur un même document que tu nous as imprimé en double exemplaire. Parfait…

C'est drôle, pour ne pas avoir à commenter la nouvelle sur le fond, il me félicitait sur la forme. Je l'ai quand même remercié. Il faut savoir parfois ménager ses parents.

La réaction de maman en revanche a été très différente. Elle a pleuré tout doucement et comme j'étais près, j'ai vu de grosses larmes rouler sur ses joues. Elle a chuchoté :

— Ne crois pas que ce sont des larmes de chagrin, Eliott…

— De quoi alors ?

— De fierté… Je suis fière d'avoir un fils comme toi.

Je n'ai rien pu répondre à maman. Les mots sont restés en boule dans ma gorge. Papa, qui a du mal avec les émotions, s'est senti obligé d'intervenir :

— Bon, ce n'est pas tout, moi je vais immédiatement téléphoner pour inscrire Eliott à ses cours, puis aller acheter le livre et le matériel d'écriture.

Maman a regardé mon père à travers ses larmes et elle lui a dit avec plein d'amour dans la voix :

— Tu peux rester tranquille cinq minutes tu sais, les cours de braille ne vont pas s'envoler. Et puis, ce qui serait bien, c'est qu'on y aille tous les trois cet après-midi. Tu en penses quoi, Eliott ? Tu serais d'accord pour qu'on vienne avec toi ?

— Yes Mum !!!

Lundi matin, j'ai avalé mes Miel Pops à la vitesse de la lumière. Il me tardait de voir Espérance et de lui raconter mon après-midi au centre Lior. J'avais été super bien accueilli et je m'étais tout de suite senti à l'aise là-bas. Un peu comme le vilain petit canard quand il rencontre sa famille de cygnes…

Maman avait sympathisé avec la mère d'une fille qui avait la même maladie que moi, et pour la première fois, je l'avais entendue prononcer les mots de « rétinite pigmentaire ». Quant à papa, il avait immédiatement proposé ses services à la directrice du centre pour s'occuper de l'informatique.

— Et la directrice a accepté ? m'a demandé Espérance, alors qu'on traversait la rue.

— Mieux que ça : elle lui a montré où étaient les nouveaux ordis et dans quelle salle il devait les installer. On ne l'a plus revu de l'après-midi !

— Et toi, t'as fait quoi pendant ce temps-là ?

— J'ai pris mon premier cours de braille avec un garçon non-voyant qui est en seconde au lycée Colette.

– Et c'est dur ?

— Non, mais c'est un autre alphabet… C'est un peu comme si j'apprenais le chinois ou l'hébreu.

— Tu m'apprendras ?

— Pour quoi faire ?

— Pour partager…

Espérance avait baissé les yeux en chuchotant ces derniers mots. Et comme j'étais tout près d'elle, j'avais vu le caramel virer au rouge grenadine. Je sais que ça aurait été le moment de tenter quelque chose avec elle, mais je n'ai pas osé...

À l'heure du repas, j'ai foncé au CDI annoncer la bonne nouvelle à Mme Stabat. Elle était en grande partie à l'origine de mon désir d'apprendre le braille et je voulais qu'elle le sache. Pour la première fois depuis que je la connaissais, je l'ai sentie heureuse.

Elle m'a félicité chaleureusement :

— Bravo Eliott, quelle décision formidable ! Ça va te changer la vie. Je suis si fière de toi !

— C'est drôle, vous parlez comme ma mère !

J'ai aussitôt regretté mes paroles parce que le visage de ma liseuse s'est obscurci d'un coup. Qu'avais-je dit de mal ? Pourquoi le fait de parler de ma mère la rendait-il soudain si dure ?

Je n'ai pas eu la possibilité de lui poser la question. Mme Stabat m'a annoncé qu'elle était très occupée et qu'elle ne pourrait pas me consacrer de temps aujourd'hui. Elle a tourné les talons et a disparu dans son bureau.

Je suis resté planté comme un idiot à l'attendre. Elle a fini par ressortir, mais elle n'a pas eu besoin de dire quoi que ce soit pour que je comprenne que ma présence la gênait. C'était d'autant plus incompréhensible que je voyais bien qu'elle avait préparé mon sandwich et mon gâteau sur son bureau. Alors, que se passait-il ?

Comme je continuais à la fixer, Mme Stabat s'est avancée vers moi, elle a essayé de prononcer quelque chose.

En vain…

Alors je lui ai tendu la main. Elle s'est mise à trembler, puis elle m'a crié comme si elle s'était transformée soudainement en sorcière :

— Va-t'en ! Tu m'entends ? Va-t'en ! Je ne veux plus te voir.

Il y a soudain eu le silence au CDI. Jamais personne n'avait entendu la bibliothécaire crier et ça a stupéfié tout le monde. J'ai reculé tout en continuant à la regarder et, quand sa silhouette a disparu, je me suis mis à courir en renversant sur mon passage les présentoirs des magazines.

Si, à ce moment précis, j'ai cru être le garçon le plus malheureux de la terre, c'est parce que je ne savais pas encore que le pire m'attendait.

Bouleversé par les paroles de Mme Stabat, j'ai continué à courir dans les escaliers et ce qui devait arriver arriva. J'ai loupé une marche et j'ai dégringolé tête la première.

Après, tout a été très vite... Je me suis relevé sous l'œil un peu moqueur de deux garçons de troisième, j'ai avancé comme j'ai pu en me tenant contre le mur, j'ai marché jusqu'à la cour complètement sonné, et c'est là que j'ai assisté à la scène.

J'aurais dû tout de suite intervenir, sauter sur Solal et l'empêcher de continuer à dire ses horreurs. J'aurais dû m'interposer, protéger Espérance comme elle avait su le faire pour moi lorsque j'étais sur le passage clouté. Mais je n'ai rien fait. Je ne chercherai pas à me disculper en disant que ma chute m'avait troublé, je ne mérite aucune excuse. Je suis un lâche, c'est tout. J'ai laissé Solal faire, et quand mon regard a croisé celui d'Espérance, quand j'ai réalisé qu'elle avait compris que j'avais assisté à la scène sans bouger, j'ai eu envie de disparaître de la surface de la terre.

Alors, je me suis dirigé droit vers la sortie, j'ai fait croire au surveillant que j'avais oublié mon sac sur le trottoir et j'ai disparu.

Le problème quand on fuit, c'est qu'on reste avec soi. Et s'il y avait bien une personne que je détestais à ce moment précis de mon existence, c'était moi. Comment avais-je pu croire, ces dernières semaines, que ma vie pourrait être différente, que je pourrais être autonome, que je pourrais lire en braille et continuer mes études ? Qu'avais-je imaginé en me rapprochant d'Espérance ? Qu'un presque aveugle pourrait l'intéresser ?

Il fallait que je sois fou pour m'être laissé aller à ces chimères !

Il fallait se rendre à l'évidence. J'étais un pauvre handicapé sans avenir.

Fatigué d'avoir à éviter les obstacles de la rue, j'ai marché jusqu'au petit square. Les squares sont les derniers endroits des villes où l'on peut rester tranquillement assis sans rien faire. C'est peut-être pour ça qu'on n'y trouve que ceux qui ont le temps de rêver : les enfants, les amoureux et les vieux…

Je me suis assis sur un banc. Il faisait froid et ma lèvre m'a soudain fait très mal. J'ai passé ma langue dessus et j'ai senti le goût du sang. J'avais dû me blesser en tombant dans les escaliers. Le souvenir de la scène au CDI est revenu me percuter. La voix de Mme Stabat me criant : « Va-t'en, je ne veux plus te voir ! » a résonné dans mes oreilles. C'est drôle comme la mémoire fonctionne, parce que, dans le même temps, l'odeur de son délicieux fondant au chocolat a flotté dans l'air.

Je me suis mis à pleurer. Les larmes qui ont coulé sur ma lèvre se sont teintées de rouge. J'ai senti très fort la brûlure.

Quelqu'un que je n'avais pas entendu s'asseoir à côté de moi m'a tendu un kleenex. Puis une voix :

— Je te demande pardon, Eliott, pour tout à l'heure…

J'ai tourné la tête vers elle. Ma liseuse était là, recroquevillée sur le banc. Sans manteau et essoufflée comme quelqu'un qui a beaucoup couru… Je ne sais pas comment elle m'avait retrouvé. Elle a continué avec une voix qui semblait sortir de la nuit :

— Il s'appelait Jonas. Il allait avoir huit ans. Si tu savais comme mon fils était beau. Il jouait du violon comme personne. J'adorais l'écouter jouer. Ses professeurs disaient qu'il était doué et que s'il se donnait la peine, il pourrait être un grand violoniste. Je lui répétais sans cesse : « Tu es ma lumière du jour. » Et puis un jour, il a eu un malaise. Pas grand-chose, mais comme il était très blanc et souvent fatigué, je l'ai emmené chez le médecin. On a fait des analyses, la nouvelle est tombée comme une guillotine : leucémie. Je n'ai pas voulu y croire. Je l'ai emmené ailleurs faire d'autres examens. Même diagnostic. Après, tout a été très vite. Chimio, chambre stérile, retour à la maison les premiers mois, puis Jonas est resté là-bas tout le temps. J'ai pris un congé pour le veiller. Il s'est affaibli de jour en jour. Un soir, le médecin est entré dans sa chambre et il m'a dit tout doucement : « Il va falloir être forte... » Je n'ai pas pu écouter la suite. Je savais déjà ce qui allait arriver. J'ai fui. Jonas s'est envolé le lendemain alors que je venais juste de m'asseoir sur son lit et que je l'embrassais. Il m'a souri et il est parti. J'aurais voulu partir avec lui, mais je suis restée là...

— Je suis tellement désolé pour vous...

— Attends... Je n'ai pas fini. Jusqu'à ce que tu viennes au CDI, mon âme était toujours au bord de son lit. Et puis, je t'ai lu ce premier chant de l'*Odyssée* et puis un autre... Et tu m'as posé des questions sur la vie, sur le monde. Sans le vouloir, tu m'as obligée tout doucement à revenir au milieu des vivants.

— Alors pourquoi m'avoir renvoyé tout à l'heure ? Qu'est-ce que j'avais fait de mal ?

— Rien... Tu n'as rien fait de mal. C'est moi qui ai eu peur quand tu m'as rappelé que je parlais comme une mère.

— Et vous n'avez plus peur maintenant ?

Mme Stabat m'a souri.

— Non... Tu es un super être humain, Eliott. Il ne faut surtout pas que tu l'oublies.

Cette dernière remarque m'a fait l'effet d'un coup de poing dans l'estomac. Elle se trompait sur mon compte. Je n'étais pas un super être humain, j'étais un lâche. J'ai dû blêmir, parce que ma liseuse m'a demandé :

— Est-ce que ce que je viens de dire te pose un problème ?

Je lui ai raconté ce que j'avais vécu après le CDI, pour qu'elle ne croie pas, à son tour, qu'elle était responsable de mon état. J'ai zappé l'épisode chute dans l'escalier.

— Alors, je suis allé dans la cour. La plupart des élèves étaient déjà à la cantine. Pas Solal... Comme Espérance était assise au soleil en train d'écouter de la musique, il lui a demandé : « C'est parce que tu viens d'un pays de sauvages que tu restes toujours par terre ? » Elle n'a pas dû entendre car elle a enlevé un de ses écouteurs et l'a invité gentiment à répéter sa question. Le grand crétin, voyant qu'il faisait rire autour de lui, en a rajouté. Il a crié : « Tu as le droit de t'asseoir sur les bancs, tu sais... C'est autorisé en France. Demande à ta mère... Ah ben non, c'est vrai, c'est une sauvage, elle ne doit pas parler français ! » Espérance l'a regardé droit dans les yeux et elle a remis son écouteur sans prononcer un seul mot. C'est à ce moment qu'elle a remarqué ma présence. J'ai eu tellement honte de moi...

— Pourquoi ?

— Parce que je ne l'avais pas défendue.

— Qu'est-ce que tu voulais faire ?

— Me ruer sur ce type et lui foutre mon poing dans le nez.

— Tu aurais été renvoyé pour violence au sein de l'établissement.

— Je m'en fous...

— Il y a mieux à faire !

— Quoi ?

— Le racisme n'est pas un point de vue, c'est

un délit passible des tribunaux. Dans un établissement scolaire, il donne lieu à un conseil de discipline puis à un renvoi. C'est une juste punition pour le raciste et une mise en garde pour tous ceux qui voudraient l'imiter. Tu vois en quoi c'est plus utile qu'un coup de poing.

— De toute façon, c'est trop tard maintenant. Espérance ne voudra plus jamais me parler et Solal niera les faits. Je suis mort…

— Ce n'est pas ça la mort, Eliott.

J'ai évidemment regretté mes derniers mots. J'ai demandé à ma liseuse :

— Qu'est-ce que je dois faire, à votre avis ?

— Te battre… mais pas avec tes poings, tu es plus rusé que ça. On va rentrer au collège, tu passeras par la porte des profs avec moi, et après, tu penseras à ce qu'aurait fait Ulysse en pareil cas.

— Un tronc d'arbre planté dans l'œil de ce gros naze ?

— Il est moins grand qu'un cyclope.

— Le transformer en porc ?

— Tu n'es pas Circée.

— Chanter pour qu'il se jette à l'eau et se noie ?

— Tu n'as pas l'allure d'une sirène, mais tu trouveras une solution.

— Je crains que non…

— Je suis certaine du contraire. Allez, dépêche-toi de manger ton sandwich et ton gâteau. Ton escapade en dehors du collège n'a que trop duré.

C'est Nathan qui m'a accueilli quand j'ai reparu dans la cour :

— Ben t'étais où ? Je t'ai cherché partout… Qu'est-ce que t'as à la lèvre ?

Je ne voulais pas lui raconter mes embrouilles, j'ai donc un peu arrangé la vérité :

— Je suis tombé dans les escaliers, alors j'ai dû aller à l'infirmerie.

— Merde… Et pourquoi tu n'as pas demandé à ce qu'on vienne me chercher ?

— T'es pas ma mère, que je sache…

— Non, mais je suis ton meilleur pote.

— Ça c'est vrai…

— Et tu sais que tu peux toujours compter sur moi ! « Sans les autres, on n'est rien », non ?

— T'as avalé le dalaï-lama ou quoi ?

On a éclaté de rire. C'était pas mal, cette petite inversion des rôles. J'ai dit à Nathan :

— Il faut que j'y aille. On se retrouve là-haut quand ça sonne ?

— Pourquoi ? T'as encore deux trois marches à louper avant de me rejoindre ?

— Non… Il faut absolument que je voie Espérance.

— Yes !!! Tu l'as pécho ?

— N'importe quoi…

J'ai traversé la cour avec Nathan en fond sonore qui répétait en boucle : « C'est trop un beau gosse, il l'a pécho !!! »

Quel clown, celui-là…

Je ne savais pas encore comment j'allais le lui dire, mais je voulais demander à Espérance de me laisser un peu de temps pour nous venger de Solal.

Mme Stabat m'avait convaincu que ce n'était pas être lâche que d'attendre pour régler un problème et que, parfois, il est même intelligent d'y remédier plus tard afin d'avoir davantage de recul.

— Comme dit le poète, avait-elle chuchoté, agis en primitif quand tu as d'abord pensé en stratège.

J'ai eu beau chercher Espérance un peu partout dans le collège, je n'ai pas réussi à la trouver. Je commençais à imaginer le pire lorsque j'ai senti sa présence. Je n'ai pas eu besoin de voir son regard pour comprendre sa rage. Elle m'a fixé un long moment sans dire un seul mot et a passé son chemin.

Je me suis senti minable.

— Ouh là… Elle t'a jeté ou je rêve ?

La scène n'avait pas échappé à Nathan qui se tenait, hilare, un peu plus loin. Devant mon air désespéré, il m'a demandé gentiment :

— Ça va pas ? Mais il se passe quoi dans ta vie, depuis un certain temps ? Je crois qu'il me manque des épisodes…

Je lui ai tout raconté. Sa réaction n'a pas tardé :

— Dis donc, moi qui pensais être au courant de tout ce qui te concerne, j'étais loin du compte.

— Ouais…

— Et c'est quoi ton plan pour Solal ?

— Je ne sais pas encore…

La cloche a sonné. On est montés en cours.

Je n'ai pas envie de vous raconter mon après-midi. De longues heures de stress durant lesquelles j'ai tenté de trouver une solution.

Rien…

Je suis évidemment rentré seul à cinq heures.

Ma nuit a été ponctuée de cauchemars, et lorsque je suis retourné au collège le lendemain matin, j'en étais toujours au même point, c'est-à-dire nulle part.

7

Ulysse, le crétin et moi

Mme Sultane a demandé le silence dès son arrivée en classe :

— Nous allons au CDI faire une séance « recherche » avec madame Stabat, la bibliothécaire. Je vous demande de prendre vos affaires et de monter en silence s'il vous plaît.

Les élèves ont accueilli la proposition avec joie. Tout, plutôt que d'avoir cours face à nos tables. Moi, en revanche, je l'ai mal vécue. J'étais déjà angoissé et je ne vois pas comment j'allais supporter les moqueries des idiots de ma classe à propos de Mme Stabat.

Décidément, ce n'était pas ma semaine…

J'ai pris l'ascenseur tout seul et je suis arrivé avant les autres. Ma liseuse était devant la porte.

— Ah ! Eliott, je t'attendais : j'ai un service à te

demander… Est-ce que je peux compter sur toi pour veiller à ce qu'il n'y ait pas trop de bruit devant mon bureau. M. Birkeim est venu signer mes commandes de livres et je tiens à ce qu'il ne soit pas dérangé. Tu peux rester devant ?

— Bien sûr…

J'ai attendu que ma classe arrive. Ça n'allait pas être simple de les faire taire. Il était certain qu'il y aurait un ou deux élèves qui allaient… Une idée fulgurante m'a soudain traversé l'esprit.

Mais si je m'arrangeais pour que… Non, impossible.

J'ai pensé à Ulysse. Lui, c'est sûr, il oserait. Il forcerait le destin !

Alors, moi aussi.

J'ai attrapé Nathan par la manche au moment où il franchissait le seuil et je lui ai chuchoté :

— J'ai besoin de toi… Tu veux bien m'aider ?

— Yes man !

Je lui ai décrit mon plan vite fait. Il m'a regardé en souriant.

— Trop frais comme keum…

La prof de français nous a demandé de nous regrouper autour d'elle pour nous parler du déroulement de la séance.

— Avant que madame Stabat, la documentaliste que vous connaissez peut-être déjà, nous explique ce qu'est la « cote » d'un livre et comment se repérer au CDI, je vous propose de choisir tranquillement chacun un ouvrage. Vous pouvez feuilleter au choix magazines, romans, bandes dessinées ou dictionnaires. Je vous donne vingt minutes, puis on se retrouve ici, d'accord ?

Bien sûr, tout le monde a accepté : vingt minutes de perdues sur un cours, c'est vingt minutes de liberté en plus !

Moi, ça arrangeait parfaitement mes affaires… J'ai fait signe à Nathan qui s'est mis en place. J'ai repéré où était Espérance et je me suis dirigé droit vers elle. Évidemment, elle a attendu que je sois tout près pour me tourner le dos. Elle voulait certainement me signifier que je n'étais plus digne d'être son ami. Peu importe ce qu'elle pensait, je devais agir. Je me suis penché vers elle et je lui ai chuchoté :

— Je sais que tu es en colère contre moi, mais je te demande un service, un seul, et tu n'entendras plus jamais parler de moi.

— Qu'est-ce que tu veux ? m'a-t-elle répondu avec un regard dur que je ne lui connaissais pas.

— Je voudrais que tu ailles lire l'encyclopédie assise par terre, juste là, à côté de la porte.

— N'importe quoi... Je ne vois pas en quoi ça peut t'aider.

— Fais-moi confiance.

— Ça va être difficile...

— Je sais. Laisse-moi une chance.

Espérance est allée s'asseoir. J'ai respiré très fort. La bataille pouvait commencer.

J'ai réussi à distinguer la silhouette de Nathan qui rejoignait Solal et sa bande de crétins. Ils lisaient des bandes dessinées en ricanant comme des CP. Il s'est mêlé à eux comme si de rien n'était. Puis j'ai entendu la voix de mon meilleur copain :

— Il n'y a plus une chaise de libre... Où est-ce qu'on pourrait s'asseoir ?

Solal s'est retourné et il a vu Espérance. Je n'ai pas pu saisir l'expression de son visage, mais je jurerais qu'il a souri. Il s'est avancé vers elle et il lui a dit :

— Ben alors, la sauvage, t'es encore par terre ? L'Africaine en boubou ne t'a pas encore appris qu'en France, les gens civilisés s'asseyent sur des chaises ? Je t'en ai déjà parlé la dernière fois pourtant...

J'ai bondi de derrière le présentoir et je lui ai demandé d'une voix forte :

— C'est Espérance que tu traites de sauvage ? De quel droit ? Et puis, c'est pas la première fois que tu te moques du fait que sa mère vient d'Afrique.

Solal a regardé autour de lui, et comme la prof était loin, il s'est cru autorisé à continuer sur le même ton :

— Dis donc le bigleux, tu t'es toujours pas acheté des yeux ? C'est pour ça que t'as pas dû voir que ta copine, elle est pas comme tout le monde, elle n'est pas vraiment blanche... Et moi, j'aime pas les gens qui sont pas comme moi.

Je ne pourrais pas décrire la tête de Solal quand M. Birkeim a passé la porte du bureau – je ne vois pas assez bien –, mais en revanche, je peux vous dire ce qu'il lui a dit.

N'importe qui dans l'établissement pourrait vous le répéter tant les hurlements ont traversé les murs !

— Jeune homme ! Ce que je viens d'entendre est innommable. Non seulement, vous avez fait preuve du racisme le plus haïssable, mais aussi d'un mépris pour un de vos camarades souffrant de handicap visuel. Vous n'avez plus aucune excuse cette fois-ci et je vous prie de me suivre dans mon bureau immédiatement. Il est vraiment triste que vous n'ayez pas tenu compte de nos dernières discussions sur le respect de l'autre. Vos jours de renvoi ne vous auront donc permis aucune réflexion personnelle ? Je vais demander à vos parents de venir vous chercher et vous ne remettrez les pieds dans cet établissement qu'au moment de votre conseil de discipline.

Solal n'a rien tenté pour se disculper. De toute façon, il n'y avait rien à faire...

La prof de français est arrivée en courant, suivie de près par Mme Stabat.

— Monsieur Birkeim, il y a un problème avec un de mes élèves ?

Le directeur lui a répété la scène mot pour mot. Mme Sultane a dit d'un air navré :

— Espérance et Eliott, je suis sincèrement désolée pour ce qui vient de se passer... Jamais je n'aurais imaginé qu'un de vos camarades puisse être capable d'un tel comportement à votre égard. Pour toi aussi, Solal, je suis sincèrement désolée. J'aurais tellement voulu que tu comprennes, lorsqu'on te parlait de la richesse que représente la différence de l'autre. J'espère que tu saisiras un jour…

Solal est parti derrière M. Birkeim, la tête baissée. Je n'ai pu m'empêcher de le suivre et de lui dire tout doucement :

— Mon nom n'est pas Personne comme Ulysse dans le chapitre du cyclope, moi je m'appelle Eliott Carpentier, souviens-t'en… Et en attendant que j'aille m'acheter des yeux, va donc t'acheter un cerveau.

Je lui ai souri d'un air narquois quand il s'est retourné.

J'ai rejoint Espérance qui m'attendait, du soleil plein les yeux. Nathan était à ses côtés et lui avait révélé discrètement notre plan.

Mme Sultane a tapé dans les mains pour ramener tout le monde au calme. Il faut dire que l'incident avait provoqué une révolution. Les élèves étaient scandalisés et critiquaient vertement le comportement de Solal.

— Allons, allons calmons-nous. Ne nous laissons pas gagner par des jugements sans nuance. Avant de nous remettre au travail, je souhaiterais vous livrer ma maxime du jour. Elle tombe extraordinairement bien : « *Le racisme prospère dans l'ignorance, la stupidité et la peur de l'inconnu.* »

Tandis que mes camarades donnaient leur point de vue sur la maxime, j'ai senti une main douce dans la mienne et une voix caramel murmurer : « Pardon d'avoir douté de toi. » J'ai serré fort et j'ai souri.

Comme je me retournais pour chercher Mme Stabat du regard, je l'ai aperçue juste derrière moi. Elle a fait comme si elle ne me voyait pas et elle a prononcé d'une voix incroyablement joyeuse :

— Bien joué, Ulysse…

Épilogue

La lumière du jour

À cinq heures, lorsque je suis rentré, maman était là.

— T'es déjà sortie du boulot, Mum ?

— Euh oui… mieux que ça, même…

— Comment ça ?

— J'ai filé ma démission à Guérin.

— Pourquoi ?

— Parce que je n'ai plus envie de travailler pour ce plouc ! Et puis aussi parce qu'il est temps que je m'occupe des créations qui dorment dans mes carnets.

— Vraiment ?

Maman s'est approchée de moi.

— Oui, vraiment, mon Eliott, et c'est grâce à toi. Ces derniers temps, en te battant pour être autonome, tu m'as donné une sacrée leçon de vie. Et je serais vraiment stupide si je ne la retenais pas. Il est largement temps de recommencer à s'amuser !

— Tu es sûre ?

— Oui, chéri...

— Alors, on va refêter la Sainte-Fraise et les repas « N'importe quoi » ?

— Pourquoi pas...

— Eh bien, je passe commande ! Pour ce soir, je voudrais un repas « Je suis un as » et pour le week-end prochain, je souhaiterais faire une fête Caramel.

— Bien, Monsieur, pour combien de personnes, la fête ?

— Juste une... mais très jolie !

Devant l'air ahuri de maman, j'ai éclaté de rire.

Ma vie avait changé ces derniers temps et j'en avais conscience, mais je devais peut-être laisser un peu plus de temps à ma mère pour lui parler d'Espérance. Elle allait finir par admettre que mon avenir s'annonçait lumineux, même si je ne devais plus voir la lumière du jour.

Après tout, ce n'était pas le plus important...

Le renard avait raison quand il disait à son petit prince : « On ne voit bien qu'avec le cœur, l'essentiel est invisible pour les yeux. »

Table des chapitres

Sylvaine Jaoui a passé les quatorze premières années de sa vie dans la librairie de son père. C'est sans doute là qu'elle a développé le goût des livres et de l'écriture.

Fort comme Ulysse est son sixième roman chez Casterman.

Du même auteur
aux éditions Casterman

collection Romans

JULIA SE TROUVE TROP GROSSE

LA PRÉFÉRÉE
Prix des Écoliers de Rillieux-la-Pape 2004
Prix Martinique 2005
Prix Opalivres de Boulogne-sur-Mer 2011
Prix Beaugency CCCB 2011

LA FAMILLE FRAPPADINGUE
Prix Diablotins « Romans première lecture »
de Nogent-sur-Oise 2005
Prix Lecteur'n Caux 2006

SPINOZA ET MOI
Prix Chronos Littérature Suisse 2006
Prix Chronos Littérature France 2006
Prix des Collégiens d'Orléans 2006
Prix des Collégiens de Nanterre 2006
Prix Gragnotte de Narbonne 2006
Prix Lire-Élire de Saint-Jean-de-Braye 2006
Prix 7 à lire du Grand-Quevilly 2006
Prix Escapages des Enfants de l'Indre 2007

LE MAUVAIS ŒIL

COLLECTION COMME LA VIE
JUNIOR / DÈS 10 ANS

Claude Carré
LES MILLE ET DEUX NUITS

Jean-François Chabas
LA DEUXIÈME NAISSANCE DE KEITA TELLI
TRÈFLE D'OR
LES HERMINES
CIRCÉ

Hervé Debry
LETTRES À QUI VOUS SAVEZ
Prix du livre de Metz 2000
Prix Ruralives du Pas-de-Calais 2001
Prix Aprébatie du Pas-de-Calais 2001
Prix Jeunes Lecteurs des Sables-d'Olonne 2001
Prix littéraire des Montagnes d'Auvergne 2001
Prix Coup de cœur de Bruxelles 2002
Prix festival du livre d'Annemasse 2002

Yaël Hassan
UN GRAND-PÈRE TOMBÉ DU CIEL
Prix du Roman jeunesse 1996
Prix Sorcières 1998
Grand Prix des jeunes lecteurs de la PEEP 1998
Prix de la première œuvre, CDDP de la Marne 1999
Prix Mange-Livres de Carpentras 1999
Prix du Jury et Prix des Lecteurs, Clamart, 2006
Prix du Meilleur Roman, Salon du livre de Jeunesse
St-Laurent-de-la-Salanque, 2009
QUAND ANNA RIAIT
Prix des écoliers de Rillieux-la-Pape 2001
Prix Tatoulu 2001
Prix du roman de Mantes-la-Jolie 2001
Prix de la ville de Lavelanet 2001
MANON ET MAMINA
Prix du Livre jeunesse de La Garde 2000
Prix Chronos Suisse 2000
LE PROFESSEUR DE MUSIQUE
Prix Chronos Suisse 2001
Prix Saint-Exupéry 2001
Prix Chronos de littérature pour la jeunesse 2002
LETTRES À DOLLY
L'AMI
ALBERT LE TOUBAB
Prix PEP Solidarité 2009 de Metz
Prix de la Vache Ki'Lit 2009 festival Au Bonheur
des Mômes - Le Grand Bornand (73)
Prix Livre-Élu 2009 (6e) du Collectif Lecture
de Haute-Loire
Prix Kilalu d'Ivry-sur-Seine 2010

Sylvaine Jaoui
JULIA SE TROUVE TROP GROSSE
LA PRÉFÉRÉE
Prix des écoliers de Rillieux-la-Pape 2004
Prix Martinique 2005
Prix Opalivres de Boulogne-sur-Mer 2011
Prix Beaugency CCCB 2011
LE MAUVAIS ŒIL

Ulrike Kuckero
LE JOUR OÙ J'AI CHERCHÉ MON PÈRE

Rose-Claire Labalestra
LE CHANT DE L'HIRONDELLE
Prix du Roman jeunesse 1999
Prix Chonos Suisse 2002
Prix Échappée Livres, d'Annecy 2002

Roland Lamarre
UN SCÉNARIO BÉTON
LE STOPPEUR

Marie-Chantal Long
MA VIE À L'ENDROIT

Loys Lowry
UN ÉTÉ POUR MOURIR

Claire Mazard
MAMAN, LES P'TITS BATEAUX
Prix Tatoulu 2000
Coup de cœur au Prix Ado, Rennes 2000

Aline Méchin
DANS LA PEAU D'UNE FILLE

Stéphane Méliade
MA SŒUR EN NOIR ET BLANC

Laurence Pain
L'INCONNU DU BLOCKHAUS

Joseph Périgot
GOSSE DE RICHE!
TROP AMOUREUX!

Sandrine Pernusch
UNE ANNÉE TOURBILLON

Annika Thor
LE JEU DE LA VÉRITÉ
Prix August de littérature de jeunesse, Stockholm

Jean-Louis Viot
LES CENT MILLE BRIQUES
Prix littérature Jeunesse de Chécy 2002-2003

Colette Vivier
LA MAISON DES PETITS BONHEURS
LA PORTE OUVERTE
LA MAISON DES QUATRE-VENTS